अनजान शत्रु

शब्द सृष्टि

दिल्ली–110032

किशोर ग्रंथ माला

अनजान शत्रु

जूले बर्ने की पुस्तक

The Snow Man

का हिन्दी अनुवाद

ISBN 81-88566-19-5

शब्द सृष्टि
C-5/S-2, ईस्ट ज्योति नगर,
शाहदरा, दिल्ली-93
द्वारा प्रकाशित

प्रथम संस्करण : 2003

आवरण : अतुल वर्द्धन

मूल्य : 95.00

शुभम ऑफसेट, दिल्ली-110032
में मुद्रित

1

सन् 1959 के फरवरी मास के मध्य में ईरान की राजधानी तेहरान में जो रोमांचक घटना हुई, उसका हाल बहुत कम लोगों को पता होगा। क्योंकि वह खबर के ईरान के बाहर प्रसारित करने पर रोक लगा दी थी।

यह सार्वजनिक हैं कि ईरान, रूस और अमेरिका की राजनीति का खेल का मैदान है, और इस समय इस देश में अमेरिका का ही बोलबाला है। उस समय यह सुनकर लोगों को और भी अधिक आश्चर्य हुआ था कि इस समाचार के 'सेंसर' करने में रूस तथा अमेरिका के बीच पूर्ण मैत्री था।

असल बात यह है कि प्रारंभ में रूस और अमेरिका–दोनों को एक दूसरे पर संदेह को संदेह की दृष्टि से देखते थे, पर शीघ्र ही उन्हें कुछ ऐसे तथ्यों का पता चला जिनसे स्पष्ट हो गया कि इस नाटक का मूल सूत्रधार कोई और है।

इस रहस्य की पृष्ठभूमि का ब्यौरा कुछ इस प्रकार पता चला :–

तेहरान विश्वविद्यालय में यद्यपि सह-शिक्षा प्रचलित है, फिर भी जो विषय सीधे लड़कियों से सम्बन्धित है, उनकी शिक्षा के लिए एक अलग कॉलेज है। इस कॉलेज में सात-आठ सौ लड़कियाँ शिक्षा ग्रहण रही हैं।

कहा जाता है कि 13 फरवरी 1959 को तेहरान विश्वविद्यालय के उपकुलपति के पास अमरीकी राजदूत का एक पत्र गया था। इस पत्र में लिखा था कि अमेरिकी सरकार की ओर से कैस्पिन सागर के तट पर स्थित खुर्रमाबाद नगर के निकट एक मेला का आयोजन किया गया है। इस मेले में तरह-तरह के सांस्कृतिक कार्यक्रमों तथाक अनेक प्रकार के खेलकूदों का प्रबंध रहेगा। अमेरिकी सरकार अपने व्यय से तेहरान विश्वविद्यालय के छात्रों और छात्राओं को इसमें

भाग लेने का अवसर दे रही है। 15 फरवरी को अमेरिकी, बसें विश्वविद्यालय पहुँचेंगी तथा 50 छात्राओं और 50 छात्रों को लेकर मेले में पहुँचेंगी। तीन दिन के प्रवास के बाद ये छात्र-छात्राएँ वापस आ जायेंगे, तथा बसें अन्य सौ छात्र-छात्राओं को ले जायेंगी।

तेहरान विश्वविद्यालय के उपकुलपति ने समय कम देखकर तत्कालीन लड़कियों तथा लड़कों के कॉलेजों के अधिकारियों को आदेश-पत्र लिख दिये। उन्होंने यह भी सुझाव दिया कि ऊँची कक्षाओं के छात्रों तथा छात्राओं को, नामों के अकारादि-क्रम के अनुसार, मेले में जाने का अवसर दिया जाये।

प्रत्यक्ष-दर्शियों का बयान है कि 15 फरवरी को बड़े सबेरे विश्वविद्यालय के मुख्य द्वार पर दो विचित्र आकार की विशाल बसें खड़ी देखी गयीं। इनका रूप-रंग साधारण बसों से एकदम अलग था। आकार की दृष्टि से ये बसें आधुनिक तोप के गोले के समान थीं या यों कहिए अंतरिक गामी रॉकेट के समान थीं। उन पर लाल रंग का एक आवरण चढ़ा था। ये बसें तेहरान नगर में किधर से आयीं, यह किसी को पता नहीं चल पाया था।

विश्वविद्यालय की 50 लड़कियाँ तथा 50 लड़के पहले से ही तैयार थे। देखते ही देखते सब लोग बस बैठ गये, और बसें उत्तर की दिशा में चल दीं।

यहीं से इस घटना की रहस्यात्मकता शुरू होती है। नगर के व्यक्तियों ने गवाही दी है कि तेहरान की बस्ती से बाहर होते ही ये बसें भूमि छोड़कर ऊपर उठीं। लोग भौंचक्के होकर देखने लगे। स्थान-स्थान पर लोगों की भीड़ एकत्र हो गयी। अकस्मात् बसों के ऊपर के आवरण नीचे गिर पड़े और तेज हवा के झोंकें में फँसकर मीलों दूर खेतों में पाये गये। और आवरण गिरते ही बसें आकाश से भी गायब हो गयीं।

तेहरान नगर के उत्तर पहाड़ी पर अमेरिकी लोगों द्वारा स्थापित एक वैज्ञानिक प्रयोगशाला है। कुछ लोगों का ख्याल है कि प्रयोगशाला तो नाम की है, असल में रूसी आक्रमण से रक्षा के लिए वह एक तोपखाने की बैटरी है। जो हो, घटना के समय एक अमरीकी कार्यकर्त्ता दूरबीन से आकाश का निरीक्षण कर रहा था। उसने प्रतिज्ञापूर्वक बयान दिया है कि उसने दोनों बसों को उड़ते, आवरण गिराते तथा अकस्मात् अदृश्य होते भलीभाँति देखा है।

इस विचित्र आश्चर्यजनक घटना से शहर भर में हलचल पैदा हो गयी।

लड़के-लड़कियों के अभिभावक विश्वविद्यालय के उपकुलपति के दफ्तर पहुँचकर बैचैनी से अपने बच्चों के विषय में पूछ-ताछ करने लगे। उपकुलपति ने अमेरिकी दूतावास को फोन किया। उनकी घबराहट का की कोई सीमा न रहीं जब अमेरिकी राजदूत ने कहा कि न तो उन्होंने खुर्रमाबाद में लड़के-लड़कियों के किसी मेले का आयोजन किया है, और न उन्होंने इस संबंध में कोई पत्र उपकुलपति को लिखा है।

उपकुलपति ने जब अपने दफ्तर में तथाकथित अमरीकी पत्र मँगवाया, तो ज्ञात हुआ कि अमरीकी राज-चिह्नयुक्त चिट्ठी लिखने का कागज तो ठीक है, पर उस पर लिखी हुए शब्द बिलकुल गायब है। शायद वह किसी ऐसी स्याही से टाइप की गयी थी जो कुछ ही घण्टों में उड़ जाने की क्षमता रखती थी।

अमरीकी दूतावास से कार्यालय से छपा कागज चुरा लेना तो कोई कठिन काम नहीं था, इसलिए अब केवल एक सूत्र शेष रह गया—बसों पर से गिरा हुआ आवरण।

कुछ ही घण्टों में ये आवरण शहर लाये गये। परीक्षा करने पर पाया गया कि यद्यपि देखने में ये प्लास्टिक के बने जान पड़ते हैं, पर यथार्थ में रासायनिक दृष्टि से प्लास्टिक नहीं किसी और ही अज्ञात रसायन से बने हुए हैं। उनमें सिलिका नामक द्रव्य की बहुतायता पायी गयी।

पहला संदेह तो स्वाभाविक रूप से रूसियों पर ही किया गया, परंतु अब यह निर्विवाद रूप से सिद्ध हो गया कि ठीक उसी समय पर तथा एकदम उसी प्रकार की घटनाएँ काबुल तथा बुख़ारा (उजबेकिस्तान) में भी हुई हैं, तब रूस पर संदेह समाप्त हो गया।

अकारण उत्तेजना तथा आतंक न फैलने पाये, इसीलिए रूस, अफगानिस्तान, ईरान तथा अमेरिका ने एक राय होकर यह खबर सेंसर दी, और सब मिलकर इस रहस्य की खामोशी से पर्दा उठाने का प्रयत्न करने लगे।

कहाँ गये ये तीन सौ बच्चे ? कैसी थीं ये बसें ? कहाँ से आयी थीं ? किस उद्देश्य से ये लड़की-लड़के भगाये गये ? ये प्रश्न कम से कम उन लोगों के दिमागों को अवश्य ही पीड़ित करने लगे, जो इन घटनाओं के विषय में थोड़ी-बहुत भी जानकारी रखते थे।

2

इस घटना के बाद दिन, सप्ताह, महीने बीतते गये। बहुत प्रयत्न किया गया। अनेक अटकलें लगायी गयीं, पर एक भी सूत्र ऐसा न मिला जो इस रहस्य के उद्घाटन के निकट भी पहुँच सकता।

बहुत से ईरानियों तथा अमेरिकियों को अब भी संदेह था कि हो न हो यह गलत कार्य रूसियों अथवा चीनियों ने दिया है। जब उनसे पूछा जाता, "भले आदमी, रूस और चीन की जनसंख्या यों ही क्या कम है, जो कि दूसरों की आबादी को अपने यहाँ ले जायेंगे?" तो वे उत्तर देते, "गायब हुए लोगों को रूसी साम्यवाद का पाठ पढ़ाकर अपना चेला बना लेंगे। उसके बाद ईरान भेजकर अपना विष वमन करेंगे।"

बहुतों की राय थी कि ये बसें सौर-मण्डल के भीतर अथवा बाहर किसी ग्रह अथवा नक्षत्र से आयी थीं, और तीन सौ लड़के-लड़कियों को दास बनाकर उनसे तरह-तरह के काम लेने के लिए ले गयी हैं। उत्तर में कहा गया कि जब उन्हें पृथ्वी का इतना ज्ञान था कि अमरीकी दूतावास के नोट-पेपर पर पत्र लिखकर इतना बड़ा षड्यंत्र कर सकते थे, तब खुले आम दो-चार सौ व्यक्तियों को अपने ग्रह पर चलने को आमंत्रित कर सकते थे और आजकल के लड़की-लड़के तो दिन-रात अंतरिक्ष-यात्रा के स्वप्न देखते रहते हैं। हजारों तैयार हो जाते। साहसिक कथाएँ पढ़कर देश-विदेश अथवा अंतरिक्ष की यात्रा करने वाले उत्साहियों की बात जाने दीजिए। दक्षिणी एशिया में करोड़ों बेकार नवयुवक ऐसे हैं, जो प्रयत्न करने पर भी दफ्तरों की गुलामी से वंचित हैं। यदि उन्हें बतलाया जाता कि अंतरिक्ष के अमुक नक्षत्र अथवा ग्रह में गुलामी मिल सकती है, तो वे फौरन तैयार हो जाते। फिर इस तरह धोखा-धड़ी की आवश्यकता ही क्या थी ?

थोड़े दिन तो इस प्रकार की चलन का बाजार गर्म रहा, पर बाद में धीरे-धीरे लोग हारकर चुप बैठ रहे।

1960 के प्रथमार्द्ध में कुछ बातें समाचार-पत्रों में ऐसी निकलीं, जिन्हें पढ़कर लोगों को आश्चर्य तो बहुत हुआ, पर किसी ने इन समाचारों का संबंध तेहरान, काबुल तथा बुखारा की घटनाओं से लगाया हो, इसका पता हमें नहीं।

चीन ने कश्मीर, उत्तर प्रदेश तथा असम के, कुछ क्षेत्रों पर बेजा अधिकार कर लिया था। समाचार-पत्रों में कहा गया कि चीनी सैनिकों ने इन स्थानों को खाली कर दिया है। साथ ही यह भी बतलाया गया है कि उन्होंने यह कदम कोई महामारी फैल जाने के कारण उठाया है, और भारतीय सेना का कोई इरादा उन पर कब्ज़ा कर लेने का नहीं है।

दूसरी विचित्र खबर यह सुनी गयी कि तिब्बत में विद्रोह हो गया है और यह प्रदेश चीनी अधिकार क्षेत्र से बाहर हो गया है। कैसे क्या हुआ, इसका कोई प्रमाणिक विवरण सुनने में नहीं आया।

'हिम-मानव' के संबंध में तरह-तरह की किवदंतियाँ एक शताब्दी से प्रचलित हैं। पाश्चात्य देशों ने इस तथाकथित प्राणी का नाम 'ऐबामिनेब्ल स्नोमैन' अर्थात् ''घृणित हिम-मानव' रख छोड़ा है; और उसकी तलाश में अनेक लोग हिमाच्छदित पहाड़ियों पर चढ़ चुके हैं। एवरेस्ट-विजेता हिलारी भी इनमें से एक है। इधर कई योरोपियन, अमेरिकी, तथा भारतीय टोलियाँ हिम-मानव की खोज में गयीं, परंतु उनमें से लौटा कोई नहीं। दो-एक शव अवश्य प्राप्त हुए, पर किस प्रकार ये पर्वतारोही नष्ट हो गये, यह रहस्य ही रहा।

1960 के सितंबर मास में एक घटना ऐसी हुई जिसने एक नई परिस्थिति पैदा कर दी।

अलमोड़ा तथा बद्रीनाथ के रास्ते में नंदादेवी पर्वतशृंखला के नीचे बर्फ में दबी एक लाश पायी गयी। पड़ोस के गाँव के कुछ निवासियों ने इसकी सूचना अलमोड़ा पहुँचाई। जब लाश अलमोड़ा पहुँचाई गयी, तब पहली नजर में देखने वालों ने कहा—''मिल गया हिम-मानव, जिसकी तलाश इतने दिनों से हो रही थी, खोज विज्ञान की बहुत ही बड़ी पहेली अब हल हो जायेगी।''

शव-परीक्षा की रिपोर्ट से तीन सनसनी पैदा करने वाले तथ्य प्रकट हुए,

और यही तथ्य इस छोटे से कथानक की पृष्ठभूमि है।

पहली बात यह कि जिन लोगों ने हिममानव समझा था, वह हिम-मानव नहीं वह साधारण मनुष्य था। रंग गोरा। अवस्था प्रायः बीस वर्ष। एक के ऊपर एक—चार रीछ की खालों से बनी पोशाकें पहने था। इसी कारण देखने में बहुत मोटा तथा छोटे कद का जान पड़ता था। रीछ की खाल के ही दस्ताने पहने था। आँखों के अतिरिक्त सारा शरीर ढँका हुआ था।

दूसरी यह कि गले के दाहिनी तथा बायीं ओर दो गिलटियाँ दिखायी पड़ रही थीं। चीरने पर उनके अंदर-प्लास्टिक के दो बल्ब जैसे निकले।

और अंत में, लाश के पास पड़ी चमड़े की एक थैली में भरे हुए सफेद दानेदार द्रव्य की जब रासायनिक परीक्षा हुई तब पता लगा कि वह सुहागा था।

3

पहले के दो अध्यायों में जो तथ्य दिये गये हैं वे या तो तत्कालिक की उड़ती अफवाहों के आधार पर हैं, अथवा बाद के उन समाचारों पर जिनसे उनकी पुष्टि हुई। संयोग से उन्हीं दिनों मेरी नियुक्ति अलमोड़े की एक शिक्षा-संस्था में हो गयी और आगे के तथ्यों के संबंध में मैं अधिक भरोसे के साथ लिख सकता हूँ।

अलमोड़े का वतावरण उन दिनों आतंक से भरा हुआ था। बाजार शाम ही से सूने हो जाते और लोग मकानों की खिड़कियाँ अच्छी तरह बंद कर सोते। जहाँ चार व्यक्ति एकत्र होते, बस एक यही चर्चा होती।

यद्यपि भारत के किसी नागरिक को किसी भी प्रकार की क्षति नहीं पहुँची थी, फिर भी इस रहस्य-संबंधी मृत्यु का पहला प्रकट शिकार चिह्न भारत की ही भूमि पर मिला था। इसलिए यह मान लिया गया था कि रहस्य का केंद्र भारत में अथवा उसकी सीमाओं के निकट ही है।

जहाँ तक में जानता हूँ इस बात के छिपाने का कोई प्रयत्न नहीं किया गया था कि इस संबंध में छानबीन करने के लिए इंग्लैण्ड के स्काटलेण्ड-यार्ड तथा अमेरिका के फेडरल ब्यूरो आफ इन्वेस्टिगेशन के होशियार जासूस सबसे पहले आये थे। बाद को रूस तथा चीन के कई अफसर भी सम्मिलित हो गये। ऐसा होना तो उचित ही था क्योंकि यह घटना तब तक अंतर्राष्ट्रीय महत्त्व की हो गयी थी।

उस दिन रविवार था। दोपहर का समय। मेरा कुत्ता भीम कल से गायब था। सोचा इधर-उधर घूमकर उसे ही तलाश किया जाये। नवम्बर का महीना। सर्दी

खासी पड़ रही थी। ओवरकोट पहने, कानों पर मफलर लपेटे मैं उत्तर की ओर जाने वाली सड़क पर चल दिया।

रास्ते में अनेक छोटे-छोटे गाँव पड़े। अनेक कुत्ते दिखायी पड़े, पर उनमें भीम नहीं मिला।

अधिक नहीं तो नौ-दस मील चल चुका था कि गड़गड़हाट का शब्द सुनकर चौंक पड़ा। ऐसा जान पड़ा कि पहाड़ का कुछ अंश खिसक रहा है। साथ ही किसी के चीखने की-सी आवाज भी सुनायी पड़ी। मनुष्य की आवाज थी अथवा किसी पशु की, यह निर्णय न कर पाया। दाहिने देखा, पहाड़ की ऊँची दीवार निश्चल खड़ी थीं। बायीं और खड्ड में भी कोई हरकत न दिखायी पड़ी। अपने ऊपर कोई वर्तमान विपत्ति न देखकर कुछ साहस बढ़ा।

प्रायः एक फर्लांग आग जाने पर पता चला कि माजरा क्या था। रास्ता बंद था। वातावरण धूल में भरा हुआ था। परंतु यह क्या ? धूल के साथ कुछ अजीब गंध थी। "कैसी है यह गंध ?" मैंने सोचा। "ठीक तो है। डामर जलने की। लेकिन डामर जलते तो बहुत देखा है। कुछ भिन्न है यह गंध। और डामर जलने का अवसर कैसे आया ? लेकिन हाँ, यहाँ तो एक पुल था। चीन और भारत का मन मुटाव प्रारंभ होने के बाद सड़कें ठीक करायी गयी थीं और इसी जगह तो स्टील का नया पुल बना था। क्या हुआ वह पुल ? जल गया ? जल कैसे गया ! पुल लकड़ी का थोड़े ही था !"

यही सोच-विचार करते-करते सतर्कता से आगे बढ़ा। जहाँ पहले पुल था, इस समय वहाँ धूल, धुएँ और एक विचित्र प्रकार की गंध से भरा भयावना गर्त था। उस गर्त की कगार पर, जहाँ मैं खड़ा था, जमीन गरम थी।

पहाड़ की ओर की रेलिंग का एक अंश अब भी अपने स्थान पर था। मैंने छड़ी से उसे हटाकर देखा तो वह जंग लगे हुए पुराने लोहे की भाँति चूर-चूर हो गया।

मुझे केवल आश्चर्य हुआ। स्टील की यह दशा देखकर उस समय केवल एक ही बात ध्यान में आयी–अवश्य ही पुल बनाने वाले इंजीनियरों तथा ठेकेदारों ने जान-बूझकर अच्छे स्टील की जगह पुराने जंग लगे लोहे का उपयोग पुल बनाने में किया है। प्रश्न यह है–अपने निजी लाभ के लिए या फिर किसी शत्रु की प्रेरणा से ?

मेरे शरीर में रोमांच हो आया। मैंने कल्पना की कि भारत पर उत्तर की ओर से आक्रमण हुआ है। फौजी मोर्चे पर मुकाबला करने के लिए सेना तथा युद्ध-सामग्री लेकर युद्ध-स्थल पर जा रहे हैं। रास्ते में अनेक पुल पड़ते हैं। मोटरों का भार पड़ते ही पुल चूर-चूर हो जाते हैं। अपार जनहानि होती है और रणक्षेत्र पर युद्ध-सामग्री तथा सैनिकों का पहुँचना बंद हो जाता है। हिंदुस्तानी सैनिक काट डाले जाते हैं।...

सहसा मेरी दृष्टि नीचे खड्ड की ओर गयी। गिरे हुए मलबे के नीचे कोई चीज हिलती-सी जान पड़ी।

पुल बनते समय मजदूरों को नीचे-ऊपर जाने की सुविधा के लिए पत्थर को काटकर कुछ ऊबड़-खाबड़ सीढ़ियाँ बनायी गयी थीं। उन्हीं पर पैर रखता हुआ

थोड़े ही परिश्रम से मैं नीचे पहुँच गया। देखा—मलबे के नीचे दबे हुए किसी रोएँदार जानवर का कोठ अंग काँप-सा रहा है। कौन अंग ? पूँछ ? पूँछ इतनी चौड़ी कैसे हो सकती है ?

डरते-डरते मैंने उसका स्पर्श किया ? जरा-सा खींचते ही रीछ के रोएँदार चमड़े से बना हुआ दस्ताना मेरे हाथ मे आ गया।

और प्रकाश में आ गया किसी गोरे रंग के मानव का एक हाथ !

मैं जल्दी-जल्दी मलबा हटाने लगा। जानता था कि बड़े-बड़े पत्थरों के टुकड़े उठाकर अलग करना मेरे बूते की बात नहीं है। फिर भी जितना भी संभव हो, करना तो था ही।

अकस्मात् ऊपर सड़क पर मोटर का हार्न सुनाई पड़ा। खुशी और भय दोनों के भाव एक साथ मेरे मस्तिष्क को उथल-पुथल कर उठे। खुशी इस बात का कि मोटर पर आदमी होंगे, उनकी सहायता से दबे हुए व्यक्ति को निकालना संभव हो सकेगा। भय इस बात की कि अनजान ड्राइवर निश्चिंतता से मोटर चलाता हुआ टूटे हुए पुल के गिरकर खाक हो सकता है।

अपनी पूरी शक्ति लगाकर मैं दौढ़ते हुए सीढ़ियाँ चढ़ने लगा। क्या समय पर ऊपर पहुँच सकूँगा ?

सड़क पर आकर देखा एक सरकारी जीप से उतरे व्यक्ति आश्चर्य से गायब पुल के गड्ढे की ओर झाँक रहे हैं। अपने काम में वे इतना व्यस्त थे कि जब मैंने एक के कंधे पर हाथ रक्खा, तभी उन्हें मेरी उपस्थिति का ज्ञान हुआ।

वे तीनों चौंक उठे। मेरा ख्याल है कि पहले क्षण में तो उन तीनों के मन में यही विश्वास कौंध गया कि पुल नष्ट करने का जिग्मेदार मैं ही हूँ, तथा मेरा तात्कालिक इरादा उन तीनों को भी गड्ढे में ढकेल देने का है।

मैंने उन्हें अपनी कहानी सुनायी, तो बड़ी देर तक उनके चेहरों से अविश्वास झलकता रहा। बड़ी मुश्किलों से मेरे साथ नीचे जाने को राजी हुए।

यह तो कहना कुछ ज्यादा ही होगा कि उन तीनों की सहायता से वह अर्द्धमृतक मनुष्य मलबे से निकाला गया। वे एकदम 'बाबू' आदमी थे। फाउण्टेनपेन से भारी कोई चीज उन्होंने जीवन में उठायी ही न थी। पर उनकी सहायता ही मेरा सम्बल बना और मेरा उत्साह दस गुना हो गया।

आध घण्टे के भीतर ही मलबे के नीचे दबे व्यक्ति को निकालकर हम लोग

ऊपर लाये, और जीप पर लिटा दिया। आधा घंटा उसे अस्पताल पहुँचाते लग गया।

तीनों सज्जनों को धन्यवाद देकर अलमोड़े के पश्चिमी उपनगर के एक बंगले में ठहरे हुए विदेशी जासूसों के पास मैं तुरंत ही जा पहुँचा।

पर्चे पर अपना नाम तथा आने का उद्देश्य लिखकर भेजते ही मुझे एक छोटे से कमरे में ले जाया गया। वहाँ मेज के निकट एक चुस्त युवती रिसेप्शनिस्ट ने मुझसे सब विवरण सुना और कुछ देर के लिए अंदर चली गयी। लौटकर अपने साथ एक बड़े कमरे में चली गयी जहाँ तीन योरोपियन बैठे हुए थे।

परिचय के आदान-प्रदान के बाद तीनों ने मुझसे लम्बी बातचीत की। संक्षेप में सब को उत्तर देकर मैंने स्काटलैण्ड-यार्ड के अंग्रेज अफसर मेजर थर्स्टन को सुझाव दिया कि अधिक पूछताछ में व्यर्थ समय नष्ट न करके, उन्हें दो काम तत्काल करने चाहिए। एक तो यह कि घटनास्थल पर तुरंत शस्त्रों सहित पुलिस का पहरा हो जाये और मलवे में सावधानी से अन्य सूत्रों की खोज हो। दूसरे अस्पताल चलकर घायल व्यक्ति की खबर ली जाये।

मेजर थर्स्टन ने मेरी दोनों बातें तुरंत मान लीं। पहले तो उन्होंने टेलिफोन पर अलमोड़ा के डिप्टी कमिश्नर से बात की और फिर अस्पताल के अधिकारी से। मुझे बतलाया कि पुलिस का एक दस्ता तथा सफरमैना पल्टन के कुछ जवान शीघ्र ही घटना-स्थल पर रवाना हो रहे हैं। यह भी बतलाया कि आहत व्यक्ति की दशा खराब है, पर प्राण बच जाने की थोड़ी-सी आशा अब भी है।

अस्पताल पहुँचने पर डॉक्टर ने बतलाया, रोगी की दशा खराब है। तीन पसलियाँ तो निश्चित रूप से टूटी है। उनमें से कम से कम एक फेफड़े में ही धँस गयी है और उसके कारण रोगी के मुँह से झाग मिला रक्त आ रहा है। संभवत प्लूरा में भी रक्तस्राव हुआ होगा। दाहिने हाथ की दोनों हड्डियाँ टूटी है। सौभाग्य से सिर में अधिक चोट नहीं है। रोगी बिलकुल अचेत है। आवश्यक इलाज से हो रहा है।

मेजर थर्स्टन ने पूछा, ''आहत व्यक्ति के कपड़े इत्यादि कहाँ हैं डॉक्टर ?''

''बिलकुल सुरक्षित हैं मेजर साहब।'' सिविल सर्जन बोले।

''मैं उन्हें देखना चाहता हूँ।''

''इधर आइए।''

आपरेशन रूम के निकट एक छोटे कमरे की दीवार से लगी हुई एक बड़ी-सी अलमारी खोलकर डॉक्टर साहब ने सुतली से बँधा एक पुलिंदा निकालरक फर्श पर डाल दिया।

"आप अपना काम करें, डॉक्टर !" मेजर बोले, "देखिए, इस रोगी का जीवन बचाना अत्यंत आवश्यक है। यदि आपको अपने ऊपर भरोसा न होता हो तो आपकी सहयता के लिए लखनऊ से अन्य फौजी अथवा सिविल डॉक्टर बुलवा दूँ।"

"अवश्य बुलवा दीजिए मेजर !" डॉक्टर ने उत्सुकता से कहा।

इसके बाद डॉक्टर तो रोगी की देखभाल में लग गये, और हम दोनों उस पुलिंदे को खोलकर उसके अंदर के सामान का निरीक्षण करने लगे।

पुलिंदा खुलते ही मेजर चौंक पड़े। उनके हाथों की अँगुलियाँ उत्तेजना में काँपने लगीं।

"आपने आज बहुत ही महत्त्वपूर्ण सहायता की है मिस्टर !" मेजर ने धीरे-धीरे कहा, "यह तो बहुत ही अच्छा सूत्र मिला है।"

मैने देखा मिट्टी और कूड़े में सनी हुई रीछ की खाल की बनी कई पोशाकें जमीन पर फैली थीं।

"एक दस्ताना पता नहीं क्या हुआ" मेजर ने जरा परेशानी से कहा।

"यह लीजिए, इस झमेले में यह तो मेरी जेब में ही रह गया।" दूसरा दस्ताना मेजर को देते हुए मैंने कहा, "इसी को हिलते देखकर तो मुझे नीचे जाने की प्रेरणा मिली थी।"

"और यह लो" मुट्ठी भर कोई सफेद चूने जैसा पाउडर पोशाक की जेब से निकालते हुए मेजर बोले, "निश्चय ही यह बोरैक्स (सुहागा) है।"

"सुगाहा तो मैंने सुना है उस पहले तथाकथित 'हिम-मानव' के पास से भी मिला था।" मैंने आश्चर्यचकित होकर पूछा, "क्या संबंध है इन 'हिम-मानवों' का सुहागे से ?"

"यही तो रहस्य की बात है।" मेजर बोले "बस अब यदि हम लोगों के भाग्य से यह आहत व्यक्ति बोलने योग्य हो जाये, तो बड़ा काम बने।"

4

हम दोनों बात कर ही रहे थे कि डॉक्टर साहब ने कमरे में प्रवेश किया "एक लाश और आयी है मेजर साहब !" उन्होंने कहा।

"लाश ? क्या उसमें जीवन के कुछ तत्तव है ?" मेजर ने पूछा।

"नहीं, एकदम मुर्दा !"

"उसका पोस्टमार्टम अभी होना चाहिए।" मेजर बोले, "लेकिन आप जीवित व्यक्ति की देखभाल करें। अपने सहकारी को पोस्टमार्टम में लगा दें।"

डॉक्टर साहब कमरे से बाहर निकलने ही वाले थे कि मेजर ने उन्हें रोककर पूछा—"क्या हम दोनों एक बार आहत व्यक्ति के निकट जा सकते हैं ?"

"क्यों नहीं, अवश्य।"

किनारे के एक स्पेशल वार्ड में पहुँचकर देखा, आहत व्यक्ति कंबल ओढ़े चारपायी पर लेटा था। एक प्रोढ़ा नर्स पायँताने खड़ी थी। तरह-तरह के उपचार के यंत्र चारपायी के निकट लगे थे। पिछवाड़े की खिड़की तथा प्रवेश-द्वार के बाहर सशस्त्र पुलिस का पहरा था।

"होश में नहीं है ?" मेजर ने पूछा।

"होश यों भी न था। 'शाक' बचाने के लिए मार्फिया दिया है—इसलिए और भी अचेत है।" डॉक्टर बोले।

"आपने इसकी गर्दन की परीक्षा की है—डॉक्टर साहब ?"

"नहीं तो। मेरा उधर ध्यान ही नहीं गया। क्या बात ?"

"यदि कोई हर्ज न हो तो देखिए जरा।"

डॉक्टर साहब ने रोगी की गर्दन ध्यान से टटोली और आश्चर्य से बोले, "अरे, इधर तो मेरा ध्यान ही न गया था। दो गिलटियाँ जैसी हैं। आपने कैसे जाना कि गर्दन में कुछ मिलेगा ?"

"यों ही !" मेजर ने मुस्कराकर कहा—"हम स्काटलैण्ड-यार्ड वालों को ज्योतिष भी सिखायी जाती है। अच्छा बताइए तो डॉक्टर साहब, क्या-क्या संभावनाएँ हो सकती हैं आपकी इन गिलटियों के संबंध में ?"

ऐडिनाइटिस हो सकती है, फोड़ा हो सकता है, ऐन्यूरिज्म हो सकता है और...और..."

"लेकिन जरा टार्च से देखिए तो इन गिलटियों पर कोई खास निशान तो नहीं है ?" मेजर ने फिर मुस्कराकर पूछा।

"अरे, जान पड़ता है इन दोनों पर आपरेशन हो चुका है !" आश्चर्य से डॉक्टर बोले।

ऐसा नहीं हो सकता कि यहाँ की त्वचा चीर कर कोई चीज अंदर रक्खी गयी हो ?''

''हो सकता है ! शायद ऐसा हुआ भी है।'' डॉक्टर ने उलझन भरे स्वर में कहा।

''अच्छा, आयी हुई लाश के पोस्टमार्टम के बाद इस विषय में आपसे बात करूँगा। हाँ, दिल्ली से कर्नल हक्सर आपकी सहायता के लिए आ रहे हैं। तब तक आप कोई कसर न उठा रक्खें।'' कहकर मेजर ने मुझे साथ लिया और पोस्टमार्टम रूम की ओर चल दिये।

''रोगी की मृत्यु प्रायः ढाई घण्टा पूर्व हुई–मृत्यु का कारण सिर तथा सफोकेशन–संभवतः मलबे में दब जाने से श्वासक्रिया का अवरोध...'' सहायक सर्जन ने बतलाया।

''मृत व्यक्ति के गले की त्वचा के नीचे से कुछ निकला ?'' मेजर ने बात काटकर पूछा।

''जी हाँ, ये दो बल्ब-जैसे निकले हैं।'' डॉक्टर ने उत्तर दिया।

''किस राष्ट्र का नागरिक जान पड़ता है ? बतला सकते हैं ?''

''बायें हाथ पर कुछ गुदा हुआ है ? ठीक पढ़ने में नहीं आता। देखिए तो !'' डॉक्टर ने शव का हाथ दिखाते हुए कहा।

''रूसी लिपि है–इस्माईन। और यह मछली ! ऐसी तो केवल उजबेकिस्तान में गोदी जाती है। ठीक है। निश्चय ही यह युवक बुखारा से भगाये हुए छात्रों में से एक है। बड़े ही पश्चाताप् का विषय है कि मर गया।'' मेजर ने कहा, ''देखिए डॉक्टर साहब, लाश बर्फ में रखवाइये। थोड़ी देर बाद रूस के श्री ग्रेगाव आयेंगे। उनहें दिखा दीजिएगा। शायद लाश रूस जाये।''

''आइये अब चला जाये'' मुझे संबोधित करके मेजर बोले, ''क्या काम करते हैं आप ? अध्यापक हैं ? यहीं अलमोड़े में ? अच्छा। क्या परिवार के साथ हैं ? नहीं तब तो ठीक है। देखिए आपने बड़ा काम किया है। काम क्या, सारे विश्व पर बड़ा उपकार किया है। आपके विवेक तथा उद्यम से मैं बहुत ही प्रभावित हूँ। क्या यह संभव नहीं कि कॉलेज से छुट्टी ले लें और हमारे साथ काम करें ?''

"विचार करूँगा।" मैंने कहा।

"अच्छा आज संध्या के आठ बजे आ जाइये। आज की घटना के संबंध में आवश्यक बैठक होगी। ईरान, अफगानिस्तान, दक्षिणी रूस तथा चीन से रिर्पोट आयेंगी। उन पर भी विचार होगा। अब जब इतना जान गये हैं, तब आपसे कुछ छिपा थोड़े ही रहेगा। मैं आज ही सीधे भारत-सरकार से अनुरोध करके आपकी सेवाएँ माँग लूँगा। अच्छा वेतन मिलेगा आपको।" मोटर पर बैठते हुए मेजर ने कहा।

घर लौटकर चाय पीते-पीते आज की घटनाओं पर विचार करने लगा। किस दलदल में फँसा जा रहा हूँ ? आया था गंगा-यमुना के मैदान के कोलाहल से हटकर अलमोड़ा के शांत वातावरण में अपने शोध विषय पर काम करने और उलझा जा रहा हूँ इस अंतर्राष्ट्रीय–संभवतः अंतर-ग्रहीय मकड़-जाल में।

लेकिन कितना रहस्यमय–कितना मनोरंजक मामला है यह ! संयोग या कहें सौभाग्य से ही इतने निकट से इतनी बड़ी योजना का उतार-चढ़ाव देखने का अवसर मिला है। क्या ऐसा मौका हाथ से निकल जाने दिया जाये ? खतरा ? खतरा तो है ही। और खतरा तो जीवन का नमक-मिर्च है। इस अवस्था में खतरे से बचने का प्रयत्न करूँगा, तो क्या बुढ़ापे में बड़े-बड़े काम करूँगा ?

आखिर निश्चय किया कि मेजर साहब का निमंत्रण स्वीकार कर लेना चाहिए। मैंने घड़ी रख दी थी। उसे फिर से पहनने लगा तो उसका स्टील का पट्टा टूट गया। बड़ी झुँझलाहट हुई। अभी नया तो खरीदा था। उठाकर देखा तो बिलकुल बेकाम था। जहाँ पर जरा दवाब डाला चूर-चूर हो गया।

क्या बात है ? स्मरण हो आयी उस पुल की रेलिंग, जो मेरी छड़ी के जरा से आघात से चूर-चूर हो गयी थी। क्या मेरी घड़ी तथा उस पुल में कोई संबंध है ?

मेरी घड़ी बंद हो गयी थी। इसीलिए समय का ठीक-ठीक अनुमान न था। फल यह हुआ कि जब मैं मेजर थर्स्टन के बंगले पर पहुँचा तो पंद्रह-बीस मिनट की देरी हो चुकी थी।

फिर भी मेरी प्रतीक्षा की जा रही थी। सब उपस्थित अफसरों से मेरा परिचय कराया गया। मैंने विलंब के लिए क्षमा माँगते हुए अपनी घड़ी दिखायी,

और पुल तथा घड़ी के बीच कुछ रहस्यमय संबंध होने के विषय में अपना शक बतलाया।

मेजर थर्स्टन ने कहा—''सज्जनो, अपने नये मित्र मास्टर साहब ने आज जो काम किया है, वह मैं संक्षेप में आपको बतला चुका हूँ। इस रहस्यमयी घटना के संबंध में मुझे अब तक जो भी ज्ञान हुआ है, उसकी मुख्य-मुख्य बातें मैं एक बार फिर दुहरा देता हूँ। उसके बाद आप अपने-अपने अनुभव बतलायें। अंत में हम अपने सामूहिक अनुभवों में सामंजस्य स्थापित करने का प्रयत्न करें।

''15 फरवरी 1959 को तेहरान, काबुल तथा बुखारा के विश्वविद्यालयों से प्रायः सौ-सौ वयस्क छात्र-छात्राएँ जाली पत्रों के आधार पर विचित्र बनावट की छः बसों पर अगवा कर लिये गये। इन बसों की विशेषता यह थी कि आवरण

उतरते ही वे आकाश में अदृश्य हो गयीं। इसके बाद अफगानिस्तान तथा रूस में क्या हुआ यह तो वहीं के प्रतिनिधि बतलायेंगे। तिब्बत तथा पूर्वी चीन की घटनाओं पर भी मैं स्वयं कुछ न कहूँगा, क्योंकि चीनी प्रतिनिधि सौभाग्य से यहाँ उपस्थित हैं।

"मैं प्रारंभ में ही भारत में आ गया था, और तब से यहाँ की सरकार का पूर्ण सहयोग मुझे प्राप्त है। 1960 के सितंबर मास में अलमोड़े के निकट ही एक तथाकथित "हिम-मानव- की लाश मिली। बाद को पता चला कि वह लाश काबुल विश्वविद्यालय के एक खोये हुए छात्र की थी। लाश की गर्दन की त्वचा को चीर कर दो रेडियो बाल्व जैसी चीजें रक्खी गयी मिलीं। अभी तक इन बाल्वों का उद्देश्य अथवा उपयोग समझ में नहीं आया है। एक और विचित्र चीज लाश के साथ मिली—सुहागा !

"आज की घटनाएँ आप सुन चुके हैं। बाल्व तथा सुहागा आज भी बरामद हुए हैं। पुल पर क्या रासायनिक अथवा भौतिक प्रक्रिया हुई कि वह जंग लगे हुए लोहे की भाँति चूर-चूर हो गया। यह समझ में नहीं आता। संभवतः मास्टर साहब की घड़ी पर उसी प्रक्रिया का प्रभाव है।

"इस समय मेरी सारी आशाएँ अस्पताल में पड़े हुए उस आहत व्यक्ति पर अवलंबित हैं, जिसे मेरे रूसी सहयोगी पहचान चुके हैं।"

इसके बाद चीन के प्रतिनिधि श्री कुङ्गलीने उठकर कहा—"कामरेड, मेरे देश चीन ने अभी तक इस अभियान में कोई भाग नही लिया है। इसका एक विशेष कारण है। दुर्भाग्य से मेरे देश के राजनीतिक संबंध भारत तथा अमेरिका से अच्छे नहीं हैं। इसमें दोष किसका है, इस पर न तो विचार करने का समय है, और न इसके निर्णय की संभावना।

"इस रहस्य के संबंध में अन्य देशों में जो कुछ हुआ है, वह चीन में घटी हुई घटनाओं के सामने कुछ भी नहीं है। चीन में परिस्थिति बहुत ही गंभीर हो गयी है। सुरक्षा के ख्याल से वहाँ के समाचार देना हमारे राष्ट्र के हित में नहीं है। परंतु कल ही चीन के राष्ट्रपति ने जो आदेश मेरे पास भेजे हैं, उनसे मेरा काम बहुत कुछ सरल हो गया है। अमेरिका तथा भारत ने चीन को आश्वासन दिया है वर्तमान संकट रहते पिछले वाद-विवादों-संबंधी कार्रवाई स्थगित रहेगी। हमारे मित्र रूस ने हमें अमेरिका की बात पर भरोसा करने की सलाह दी है।

''चीन में जो कुछ हुआ है वह मैं आपको संक्षेप में सुना रहा हूँ। 1960 के मई महीने में तिब्बत में कुछ विचित्र सी परिस्थिति पैदा हो गयी। इसके पहले दलायी लामा के कुछ अंध भक्तों को छोड़कर शेष तिब्बती जनता हमारे साथ थी। मई में न जाने क्या हुआ कि न केवल तिब्बती जनता, बल्कि चीनी सेना के चुने हुए बटैलियनों ने हमारा साथ छोड़ दिया। पता लगाने अथवा राज्य-व्यवस्था फिर से कायम करने के लिए जो चीनी जासूस अथवा सैनिक भेजे गये, वे भी तिब्बत में ही रह गये तिब्बत से हमारा रेडियो संबंध तक छिन्न हो गया।

''हमने हवाई जहाजों द्वारा पता लगाने का प्रयत्न किया। उनमें से जो लौटे, उन्होंने बतलाया कि जगह-जगह खुदाई हो रही है। कुछ पहले से अज्ञात खानों से कोई खनिज निकाला जा रहा है, और कई स्थानों पर नयी-नयी फैक्टरियाँ बन गयी हैं। यह सब कौन कर रहा है, यह हम फिर भी न जान पाए।

''अंत में हमारी सरकार ने सख्ती से काम लेने का निश्चय किया। पहले तो हवाई जहाजों द्वारा तिब्बत भर पर नोटिस बरसाये गये। फिर कई नये कारखानों पर बम-वर्षा हुई। परंतु पिछले सप्ताह एक ऐसी घटना हुई है जिसने हमें करीब-करीब असमर्थ कर दिया है।

''आप जानते हैं कि हमारा देख क्षेत्रफल में बहुत विशाल है, परंतु रेल-मार्गों की दृष्टि से अपेक्षाकृत बहुत पिछड़ा है। केवल चार रेलमार्ग ऐसे हैं जो चीन का संबंध क्रमशः वियतनाम, रूस, मंगोलिया तथा कोरिया से स्थापित करते हैं। इसके अतरिक्त आठ मार्ग ऐसे हैं जो चीन के बंदरगाहों को देश के भीतरी भागों से जोड़ते हैं।

पिछले सप्ताह में प्रायः दर्जन स्थानों से रिपोर्ट मिली कि रात में रेल की पटरियाँ अँधेरे में चमकती दिखायी पड़ीं। आप लोगों ने मैग्नीशियम का तार जलते हुए देखा होगा। ऐसा जान पड़ता है कि किसी अज्ञात हाथ ने किसी अज्ञात ढंग की दियासलायी से रेल की पटरियों को उसी प्रकार जला दिया है। सैकड़ों रेल-दुर्धटनाएँ हो चुकी हैं। हजारों लोहे के पुल गिर गये हैं। तार के खंभे नष्ट हो गये हैं। कौन-कौन से मार्ग नष्ट हो गये हैं और कौन अभी बचे हैं, यह बतलाने की आज्ञा मुझे नहीं है, पर सत्य यह है कि यातायात की दृष्टि से आज हम वहाँ फिर पहुँच गये हैं, जहाँ दो सौ वर्ष पूर्व थे।''

जिस समय चीन के श्री कुंग-ली अपना बयान दे रहे थे, तभी टेलिफोन की

घंटी बजी थी। मेजर थर्स्टन ने संक्षेप में कुछ बात कर ली थी। कुंग-ली के बैठते ही उन्होंने कहा कि आज जिस आहत व्यक्ति को हमारे मास्टर साहब ले आये हैं, उसकी चिकित्सा के लिए मैंने भारतीय सेना के कर्नल हक्सर की सेवाएँ भारत-सरकार से माँगी थीं। वे हेलिकॉप्टर द्वारा अलमोड़ा आ गये हैं। रोगी को देखकर उस पर रिपोर्ट देने के लिए वे बाहर बैठे हैं। मेरा सुझाव है कि हमारे शेष सहयोगी भी अपना बयान संक्षेप में दे दें। तब उन्हें बुलाया जाये।

ईरान तथा अफगानिस्तान के प्रतिनिधियों को कुछ कहना नहीं था। वहाँ उड़ती बसों की घटना के बाद कोई नयी बात नहीं हुयी।

रूस के श्री ग्रेगाव ने कहा, "चीन से लाइनें जलने का समाचार पाकर हम लोगों ने इस विपत्ति से बचने का एक उपाय निकाल लिया था। जिन स्थानों में रेल की लाइनें चीन से रूस में प्रवेश करती हैं, वहाँ आधा-आधा मील पटरियाँ ही उखड़वा दीं। इसलिए हमारे रेल मार्गों पर कोई भी आँच अभी तक नहीं आयी है। आशा यह की जाती है कि यदि सीधे हमारे देश में पहुँचकर हमारी रेलवे लाइनों, तार के खंभों अथवा पुलों को क्षति पहुँचाने का प्रयत्न न किया गया, तो हम खतरे से बाहर हैं।

"स्पष्ट है कि कोई अज्ञात शक्ति किसी अज्ञात रासायनिक अथवा भौतिक साधन का प्रयोग करके धातुओं, विशेषकर लोहे को उसके 'आक्साइड' के रूप में बदल देती है। इससे बचने के लिए हमने एक रोगन का आविष्कार किया है। अपने देश के खतरे के स्थानों में हम यह रोगन प्रत्येक खुली हुई धातु-निर्मित वस्तु पर लगा रहे हैं। प्रत्येक आवश्यक पुल के पास लकड़ी अथवा ईंटों के पुल बनाने के साधन एकत्र कर रहे हैं। रेल की पटरियों की समस्या हम अभी सुलझा नहीं पाये हैं।

"जो भी हो सोवियत रूस मानवता की रक्षा के लिए प्रत्येक राष्ट्र को—चाहे वह किसी भी गुट का हो—सहायता देने को तैयार है।"

अंत में अमेरिका के श्री जैक्सन ने अपना बयान देते हुए बतलाया, "1960 के सितम्बर मास में तथाकथित हिम-मानव की एक लाश मिली थी, उसमें से प्राप्त एक बाल्व भारत-सरकार के अनुरोध से मैंने अमेरिका के इलेक्ट्रानिक्स-विशेषज्ञों के पास भेजा था। वे लोग अभी तक इस संबंध में कुछ निर्णय नहीं कर पाये हैं। उनका कहना है कि यह बाल्व किसी प्रकार का रेडियो रिसीवर जैसा है, परंतु

शायद जिन—इलेक्ट्रानिक तरंगों पर यह काम करता है वे रेडियो तरंगें नहीं हैं—और कोई है, जिनके विषय में हमें कोई ज्ञान नहीं है। काम हो रहा है। इस संबंध में नये समाचार मिलते ही आपकी सेवा में प्रस्तुत किये जायेंगे।

इसके बाद श्री थर्स्टन स्वयं बाहर गये और कर्नल हक्सर को साथ ले आये। आज की बैठक की मुख्य-मुख्य बातें उन्हें बतला दी गयीं और उनसे रोगी की दशा पर प्रकाश डालने का अनुरोध किया गया।

''रोगी की दशा बहुत ही विचित्र है !'' कर्नल हक्सर ने कहा, ''हेलिकाप्टर से उतरते ही मैं अस्पताल पहुँच गया था।

''उस समय वहाँ के सिविल सर्जन महोदय घबराये हुए थे। मैंने देखा मरीज को किसी प्रकार के बेहोशी के चक्कर से आ रहे थे। दो-दो तीन-तीन मिनट का अवकाश देकर उसका गला सिकुड़ने-सा लगता था। मैंने परीक्षा की तो इस निर्णय पर पहुँचा कि इन दौरों का उद्गम उसके दिमाग में नहीं है। गले में भी कोई कारण नहीं दिखायी पड़ा। गौर करने पर मैं इन नतीजे पर पहुँचा हूँ कि सबसे अधिक हरकत उन तथा-कथित गिलटियों के आसपास होती है, जिनमें आपके अनुसार बाल्व हैं। एक्स-रे स्क्रीनिंग से मेरे विश्वास की पुष्टि हुई है। यही नहीं अब तो मैं निश्चय रूप से कह सकता हूँ कि ये बाल्व ही दौरों के कारण हैं।

''मेरा अपना अनुमान है कि ये तथाकथित बाल्व किसी अज्ञात स्थान से रेडियो बाल्वों की तरह किसी प्रकार के संदेश ग्रहण शरीर को नियंत्रित कर रहे हैं। इन संदेशों की संभवतः कोई भाषा नहीं है। गले में सिकुड़ने की क्रिया के रूप में इनके द्वारा कोई आज्ञा मिलती है—ठीक उसी प्रकार जैसे लगाम द्वारा घोड़े को।''

''तो क्या आपरेशन द्वारा बाल्व निकाल देने के योग्य रोगी इस समय है ?'' मैंने पूछा।

''नहीं। रोगी की दशा इतनी नाजुक है कि अभी आपरेशन असंभव है।'' फौजी डॉक्टर ने उत्तर दिया।

''मान लिया जाये कि इन बाल्वों द्वारा किसी अज्ञात शक्ति के संदेश अथवा संकेत मिल रहे हैं, ''ईरानी प्रतिनिधि ने कहा ''तो फिर अब तक ये दौरे क्यों नहीं होते थे।''

''इसका उत्तर कठिन नहीं है।'' कर्नल बोले, ''प्रारंभ में रोगी के मस्तिष्क

पर गहरा शॉक था और फिर उसे मार्फिया का इंजेक्शन मिल गया। इसीलिए अब तक संकेतों की कोई प्रतिक्रिया न होती थी। अब शॉक भी घटा है और मार्फिया का प्रभाव भी। इसीलिए प्रतिक्रिया हो रही है।"

"अन्य कोई उपाय संभव न था। इसलिए मैंने मार्फिया फिर लगा दी है, और श्वास क्रिया न रुकने पाये इसके लिए श्वासनली में रबर का ट्यूब लगा दिया है। रोगी की निर्बलता में कुछ कमी हो, तो आगे की कार्रवाई की जाये।"

5

कॉलेज से छः मास की छुट्टी मिलने में कोई कठिनाई नहीं हुई। वैसे प्रार्थना-पत्र लिखना पड़ता, मैनेजर साहब के दरवाजे पर नाक रगड़नी पड़ती, डॉक्टर को अच्छी खासी दक्षिणा देनी पड़ती। पर जब सरकार स्वयं चाहती है तब ऐसा बाँध का में सभी प्रकार की सुविधाओं से युक्त थर्स्ट्रन सहाय के बंगले पर रहने लगा। परिश्रम करने की आवश्यकता नहीं पड़ती। तुरंत ही कार्य स्वयं ही हो जाता है।

नये काम के लिए जो वेतन स्थिर हुआ वह मेरे लिए कल्पना से नहीं अधिक था। शायद काम की जोखिम के अनुपात से था।

अपना बोरिया-बँधना एकत्र करके मैं सीधे थर्स्टन साहब के बँगले में रहने लगा। सभी प्रकार की सुविधाओं का प्रबंध हो गया।

मेरे जिम्मे एक ही काम था। सुबह चाय पीकर अस्पताल चला जाता। वहाँ मेरे कपड़े बदल दिये जाते। स्टेराइल ऐप्रन पहन तथा नाक पर कपड़ा बाँधकर मैं रोगी की शय्या के पास जा बैठता। दोपहर का खाना सिविल सर्जन साहब के घर से वहीं आ जाता। शाम की चाय नर्स पिला देती। संध्या के सात बजे फौजी जीप पर बैठकर घर लौटता। वहाँ बैठकों में भाग लेता। फिर—आवश्यकतानुसार या तो वहीं सो रहता, या फिर अस्पताल में।

एक सप्ताह यों ही बीत चुका था। रोगी की दशा कुछ सुधरी अवश्य थी, पर अभी वह आपरेशन के योग्य न हुआ था।

उस दिन पहले-पहल रोगी कुछ बुदबुदाया था। पता नहीं उसके होठों से किस समय कोई काम की बात निकल आये, इसलिए उसकी चारपायी के निकट मेरी चौबीस घण्टे की ड्यूटी थी।

चाँदनी रात थी। चारों ओर भयानक निःस्तब्धता थी। चाय के प्याले पर प्याले पीकर मैं नीद को दूर रखने का प्रयत्न कर रहा था।

सहसा मेरी निगाह कमरे की दक्षिणी दीवार पर छत के निकट बने रोशनदान की ओर गयी। स्वच्छ हवा आने के लिए काँच का पल्ला तो खुला था, परंतु मक्खियों और मच्छरों को दूर रखने के लिए रोशनदान बाहर से तार की महीन जाली से ढँका था। मैंने देखा जाली के एक कोने पर साफ-साफ कटा हुआ प्रायः दो इंच व्यास का एक छिद्र था।

मुझे खूब याद है कि यह छिद्र पहले नहीं था। कर्नल साहब इस विषय में बहुत सख्त हैं। नहीं तो उनकी पैनी निगाह से बच न सकता था। तो फिर आज अकस्मात् कहाँ से आया ? साधारण तार टूटने से बना छिद्र होता, तो बात दूसरी थी। पर ठीक गोल कटा छिद्र अनायास कैसे बन गया ?

नर्स गहरी नीद्र में सो रही थी। उसे मैंने धीरे से जगाया। होठों पर उँगली रखकर उसे बोलने से मना किया। फिर इशारे से छिद्र की ओर संकेत किया। अंत में रोगी के निकट सतर्क होकर बैठने का इशारा करके नंगे पाँव कमरे से बाहर निकल आया।

पूरा ब्लाक पार करके जब मैं पिछवाड़े पहुँचा तो वहाँ कुछ भी दिखायी न पड़ा। चटकीली चाँदनी में कोई बड़ी चीज छिपी रहने की कोई संभावना ही न थी। फिर भी मेरी तबीयत न मानी। जाड़ा कड़ाके का था। कपड़े भी बाजबी-बाजबी पहने था। फिर नंगे पाँव ! शीघ्र ही बत्तीसी बजने लगी। फिर भी रोगी के कमरे की पिछली खिड़की तक पहुँचकर अपना पूरा भरोसा तय कर लेने की भावना ने मेरा पीछा न छोड़ा।

अकस्मात् किसी चीज की ठोकर लगी। गिरने से बचने के लिए मेरे हाथ अनायास ही आगे बढ़ गये। यह क्या ? हाथ किसी ठोस चिकनी चीज से लगे ! बात क्या है ? दिखायी कुछ नहीं पड़ता, पर हाथ गवाही देते हैं कि कम से कम चार फुट ऊँची अण्डकार मोटर जैसी कोई चीज मेरा रास्ता रोके खड़ी है। काँच की बनी ? पर काँच भी तो तेज चाँदनी में चमकता है। यहाँ चमक तक न थी !

अचानक वह अदृश्य 'मोटर' काँपी। एक मुलायम, पर चिकनी और ठंढी सूँड़ जैसी कोई चीज मेरे कंधे पर से खिसकर गायब हो गयी। एक क्षण में मैंने फिर टटोला, पर कहीं कुछ न था।

मेरा पहला ख्याल यही था कि अनिद्रा तथा उत्तेजना ने मेरी समझ को मंद कर दिया है। चारों ओर सन्नाटा था। यदि कोई 'मोटर' अथवा हवाई जहाज होता, तो कुछ शब्द तो करता ही ! अवश्य ही मेरी इंद्रियों ने मुझे धोखा दिया है।

इधर-उधर चक्कर लगाकर कमरे में लौट आया। भयभीत नर्स मेरा रास्ता देख रही थी। सबसे पहले निगाह गयी रोशनदान पर। तार की जाली पर गोल कटा हुआ छिद्र बिलकुल स्पष्ट था।

मेरी तबीयत न मानी। उसी समय कर्नल हक्सर तथा मेजर को फ़ोन किया। बीस मिनट के अंदर दोनों आ गये।

"क्या हुआ मास्टर साहब" मेजर ने पूछा। मेजर साहब ने सीढ़ी लगा कर रोशनदान की परीक्षा की। छेद किसी चीज से काटा हुआ नहीं था। ऐसा जान पड़ता था कि तार का एक गोल हिस्सा जला दिया गया है। पिछवाड़े खिड़की के नीचे आठ-आठ इंच के चार गोल निशान गीली मिट्टी पर स्पष्ट बने थे।

"पिछवाड़े पहरा देने वाला सिपाही कहाँ है सिविल सर्जन साहब ?" मेजर ने पूछा।

सामने वाला कांस्टेबुल तो अपनी ड्यूटी पर खड़ा था, पर पिछवाड़े वाला गायब था। तलाश करने पर थोड़ी ही दूर पर उसकी राईफल पड़ी मिली।

वार्ड से लगी हुई, रोगी का फालतू सामान रखने वाली, छोटी-सी कोठरी थी।

"नर्स, इस कोठरी को तुम स्वयं शीघ्र ही अपने हाथ से साफ कर दो तुरंत !" मेजर ने आज्ञा दी।

आध घण्टे के अंदर रोगी को उस कोठरी के अंदर कर दिया गया।

"आप लोग यहीं सतर्क होकर ठहरें। मैं अभी आता हूँ।" कहकर मेजर मोटर पर बैठकर कहीं चले गये।

सवेरा होने में अब अधिक देर न थी। रात की घटनाओं पर मैं विचार कर ही रहा था कि दो फौजी जीपें, तथा एक ऐंबुलेंस कार वार्ड के सामने आ खड़ी हुईं। कर्नल हक्सर भी साथ थे। तुरंत रोगी स्ट्रेचर पर लिटाया गया। आवश्यक दवायें तथा उपकरण साथ ही रक्खे गये। कर्नल हक्सर स्वयं रोगी के साथ ऐंबुलेंस कार पर बैठ गये। एक जीप आगे चली और एक पीछे।

इस प्रकार रोगी को किसी अज्ञात स्थान पर ले जाया गया। केवल दो व्यक्ति जानते थे कि उसे कहाँ रक्खा जायेगा—कर्नल हक्सर तथा मेजर थर्स्टन। सुनते हैं तीनों गाड़ियों के ड्राइवर भी कोई विश्वास पात्र उच्च सेनाधिकारी थे।

6

मेजर थर्स्टन लगभग एक सप्ताह के अज्ञातवास के बाद वापस लौटे। इस बीच कोई नवीन घटना नहीं हुई। मेजर थर्स्टन के बँगले पर आठ बंदूकधारी सिपाही दिन-रात घूम-घूमकर पहरा देते थे। धोखा देने के उद्देश्य से अस्पताल का पहरा भी हटाया नहीं गया था। कई बार दोनों स्थानों पर कुछ धोखा-सा हुआ, पर निश्चित रूप से नहीं कहा जा सकता कि अनजान शत्रु ने किसी रूप में हस्तक्षेप किया हो।

प्रायः रोज़ ही बैठकें होतीं। रोज़ ही वाद-विवाद के दौरान में तरह-तरह की अटकलें लगायी जातीं। अभी पक्ष हमारा ही कमजोर था। हमारे हाथ अभी तक दो लाशें तथा एक जीवित व्यक्ति लगा था। और ये तीनों संयोग से ही मिल गये थे। हमारी कारगुजारी कुछ भी नहीं थी। इस्माईल जिमोनोविच के ऊपर किये गये शत्रु के आक्रमण हम अवश्य बचा गये थे। मात्र यही हमारा सबसे बड़ा कारनामा था।

मनुष्य अपने कार्य विज्ञान पर बड़ा गर्व करता है, पर लाशों के गले से बाल्व पा जाने पर भी हम उसका उपयोग अब तक ठीक-ठीक समझ न पाये थे !

उधर हार का खाता देखिए तो हानि ही हानि आगे थी। एक आर्म्ड कांस्टेबिल को मिलाकर लगभग 301 व्यक्ति शत्रु के कब्जे में थे। पुलों, रेल की पटरियों तथा तार के खंभों की हानि यदि जोड़ी जाये तो अरबों रुपए की होगी।

और हम थे अब भी वहीं जहाँ से प्रारंभ किया था।

पिछली बैठक में सारी परिस्थिति का सिहावलोकन किया गया। मैंने कुछ जिज्ञासाएँ प्रकट की, और सभी ने अपनी-अपनी समझ के अनुसार उनके उत्तर

दिये।

"आखिर हम लोगों का यह अनजान शत्रु है कौन ?" मैंने पूछा, "इस पृथ्वी का निवासी है अथवा कहीं बाहर से आया है ?"

"आप लोग कुछ भी कहें" अफगान प्रतिनिधि ने कहा, "पर मेरे दिल से यह बात जाती नहीं, कि सारा झमेला पाकिस्तान तथा अमेरिका का उठाया हुआ है। बाहर से कोई न आया था और न आयेगा।"

"मैं आपसे सहमत नहीं।" रूस के ग्रेगाव बोले, "हमारे देश के वैज्ञानिकों ने इस बात पर बहुत गौर किया है। यह तो निश्चित है कि पृथ्वी से भिन्न किसी अन्य गृह के लोग इस क्षेत्र में उतरे हैं और सारा हंगामा उन्हीं लोगों ने मचा रक्खा है।"

"बाहर का हो, या भीतर का"—अमेरिका के श्री जैक्सन ने कहा, "उसके अस्तित्व के केवल दो स्पष्ट तथा दो धुँधले प्रमाण अब तक हमें मिले हैं। तेहरान, काबुल तथा बुखारा में करीब-करीब एक ही समय तथा एक ही परिस्थिति में छः बसें देखी गयीं। दूसरे मास्टर साहब ने देखा तो नहीं, पर किसी अज्ञातरूप के एक यान का उन्होंने स्पर्श किया है।

"स्पष्ट प्रमाण दो ही हैं। एक तो दो मुर्दों के गलों से निकले हुए अज्ञात् उपयोग के बाल्व, तथा दूसरे अस्पताल के रोशनदान का छिद्र।

"छात्र-छात्राओं का गायब होना तथा कई स्थानों पर धातु-निर्मित चीजों का जल जाना रहस्यमय तो अवश्य है, पर इस रहस्य के हल की अन्य कल्पना की जा सकती हैं। मेरा अपना विश्वास तो यही है कि सौर-मंडल अथवा उससे बाहर के किसी ग्रह या नक्षत्र से कुछ प्राणियों ने पृथ्वी पर आक्रमण किया है।"

मैंने पूछा—"मान लिया कि बाहर से आक्रमण हुआ है। तो फिर आक्रणकारी दिखायी क्यों नहीं पड़ते।"

"यह कोई बड़ी बात नहीं है" मेजर थर्स्टन बोले, "हम केवल पृथ्वी की परिस्थितियों के अभ्यासी हैं। यहाँ के सूर्य के प्रकाश के सात रंग हैं। हमारी आँख के पर्दे 'रेटिना' ने युग-युगान्तर से इन किरणों का उपयोग करने लायक अपने आपको बना लिया है। यहाँ भी काँच, अभ्रक, पानी, हवा आदि अनेक वस्तुएँ ऐसी हैं, जो हमारे लिए न्यूनाधिक अदृश्य हैं। इनकी सतह की ऊँचाई-निचाई, अथवा इन पर से प्रतिफलित प्रकाश के कारण ही हमारी आँख इनका थोड़ा-बहुत

अनुभव कर लेती है।

''क्या यह असंभव नहीं है कि किसी दूसरे ग्रह अथवा नक्षत्र में परिस्थितियाँ भिन्न हों ? कोई आश्चर्य नहीं होना चाहिए, यदि पृथ्वी से इतर स्थानों में ऐसे रंग हों जिन्हें हम देख नहीं सकते। और जाने दीजिए, सूर्य की किरणों में ही अनेक भाग हैं, जिन्हें हम देख नहीं पाते। अनेक तो ऐसे हैं जिनका फोटो लिया जा सकता है, पर उन्हें प्रत्यक्ष देखा नहीं जा सकता।

''हम अँधेरे में नहीं देख पाते, पर बिल्ली, चूहा, चमगादड़ और उल्लू देख लेते हैं। हम पानी के अंदर साफ नहीं देख पाते, शायद मछलियों को कोई कठिनाई नहीं होती।

''कोई आश्चर्य नहीं कि किसी दूसरे नक्षत्र में काँच की तरह पारदर्शी धातुएँ होती हों, अथवा वहाँ के लोगों ने प्लास्टिक जैसा कोई ऐसा यौगिक बना लिया हो जिससे हवाई जहाज के इंजन तक बन सकते हों।''

''लेकिन बात के उत्तर में केवल इतना ही कहा जा सकता है'' ग्रेगाव बोले

"कि संभवतः अनजान शत्रु ने किसी ऐसे इंजन का आविष्कार कर लिया है, जिसकी आवाज हमारे कान सुन नहीं कर सकते। इसमें भी कोई अनहोनी बात नहीं है। ध्वनि का अनुभव तो वायु के कंपन से होता है। प्रति सेकेण्ड 20 और 20,000 के बीच कंपन हों तो हमारा कान उन्हें सुन लेता है। इससे अधिक नहीं। शिकारी एक प्रकार की सीटी का व्यवहार करते हैं, जिसे कुत्ते सुन लेते हैं, अन्य प्राणी नहीं। इसलिए यदि अधिक तेजी के कंपन का इंजन हो तो हम उसका अनुभव नहीं करते।"

"लेकिन कठिनाई तो यह है कि राडार द्वारा भी इन वायुयानों के अस्तित्व का पता पूर्णतः अब तक नहीं पा सके हैं।" थर्स्टन ने बात काटकर कहा।

"इसीलिए तो कहता हूँ" ग्रेगाव ने उत्तर दिया "कि शत्रु के इंजन किसी और ही मौलिक सिद्धांतों पर बने हैं।"

"आखिर इस बात का कुछ पता लगा है" ईरानी प्रतिनिधि ने पूछा "कि ये अनजान शत्रु कहाँ पर अपने हेड क्वार्टर बनाये हुए हैं ?"

"इस संबंध में थोड़ा-बहुत पता मैं आपको दे सकता हूँ" कर्नल थर्स्टन बोले "यद्यपि पते के उद्‌गम अभी छिपे ही रहें, इसी में हम सभी की भलाई है। मोटे तौर पर इतना बतला सकता हूँ कि यह विवरण कुछ पर्वतारोहियों और शेरपाओं के बयानों तथा कुछ हवाई उड़ानों के चित्रों पर आधारित हैं।

"आप जानते हो कि पश्चिम में हिंदूकुश पर्वत की "तिरिचमीर' चोटी से लेकर पूर्व में चीन देश की सीमा में अवस्थित 'नामचा बरवा' चोटी तक फैले हुए 17 यह पहाड़ों की श्रृंखला ऐसे हैं जिनकी ऊँचाई 24 हजार फुट से लेकर 29,100 फुट तक है। इनके अतिरिक्त पामीर पठार की स्टालिन पीक तथा उत्तरी चीन का पोबेदा पर्वत भी क्रमशः साढ़े 24 हजार तथा 28 हजार फुट ऊँचे हैं।

"इन 19 चोटियों में से 11 के विषय में हमें निश्चित सूचना मिली है उन पर कोई ऐसी बात हो रही है जो पहले कभी देखी न गयी थी।

"यदि हम थोड़ी देर के लिए मान लें कि हमारे अनजान शत्रुओं ने इन्हें चोटियों पर अपने हेडक्वार्टर बनाये हैं, तो उनके विषय में दो बातें हमें और भी ज्ञात हो जाती हैं। एक यह, कि वे जहाँ कहीं से भी आये हैं, वहाँ बहुत ठंढक पड़ती है। दूसरी यह कि वे संभवतः पृथ्वी की अपेक्षा कम गुरुत्वाकार्षण के अभ्यासी हैं। दूसरे शब्दों में उनका यह ग्रह अथवा नक्षत्र पृथ्वी से आकार में

छोटा है। वातावरण का दवाब भी बहुत कम होना चाहिए।''

''और उनके आने का उद्देश्य क्या हो सकता है, तथा यहाँ के युवक युवतियों को क्यों उठा ले गये हैं ?'' मैंने पूछा।

''मेरा ऐसा अनुमान है'' श्री ग्रेगाव ने उत्तर दिया ''कि शत्रु संख्या में बहुत थोड़े हैं, अथवा यहाँ की परिस्थितियाँ उनके द्वारा काम करने के अनुकूल नहीं हैं। इसीलिए तिब्बत निवासियों के अतिरिक्त, पड़ोस के क्षेत्रों से युवक-युवतियाँ ले गये हैं। युवक-युवतियाँ ले जाने का उद्देश्य उनका यह भी जान पड़ता है कि यहाँ स्थायी रूप से ठहरना चाहते हैं।

''सुहागे का रहस्य समझ में नहीं आता। शायद सुहागा उन लोगों के ग्रह या नक्षत्र की किसी प्रकिया के लिए आवश्यक हो, और वहाँ अप्राप्य हो।''

7

कई दिनों से कुछ काम ही नहीं था। खाली बैठे-बैठे तबीयत ऊब रही थी। सोचा आज सिनेमा देखा जाये। आखिर अनजान शत्रुओं के डर से कब तक घर में छिपे बैठे रहना होगा ?

नियमानुसार मेजर थर्स्टन से अनुमति लेने के लिए उनके कमरे में पहुँचा। वहाँ कर्नल हक्सर बैठे थे।

"नमस्कार डॉक्टर साहब ! कब आये आप ?" मैंने पूछा।

"अभी अभी आया हूँ। मेजर साहब को कई जरूरी बातें बतलाने आया था। बैठिए आप भी सुनिये।"

मैं बैठ गया। सिनेमा जाने वाला था। पर अभी तो समय काफी है।" मैंने सोचा।

"हाँ तो मेजर !" कर्नल हक्सर बोले, "इस्माईल जिमोनिविच अब कुछ-कुछ होश में आ रहा है। जब से आपरेशन करके बाल्व निकाल दिये हैं, तब से बेहोशी के चक्कर आने बंद हो गये हैं। निश्चय ही शत्रु उनके द्वारा इस्माईल पर उसी तरह नियंत्रण करता था जैसे लगाम द्वारा घोड़े का किया जाता है।

"मार्फिया बंद कर देने पर उसे होश तो आ गया। खाना-पीना भी बढ़ने लगा। पर बुद्धि तो मानो उसकी खो ही गयी थी। हम लोग बहुत परेशान हुए। कोई कारण समझ में ही न आता था। संयोग से मेरी निगाह उसकी गर्दन के पीछे गयी। खोपड़ी और रीढ़ की प्रथम कशेरुका के बीच मुझे एक-एक अस्पष्ट इंजेक्शन का सा निशान दिखायी दे गया।

मैंने अनुमान किया हो न हो इस्माईल के दिमाग में कोई विष इस रास्ते

भरा इंजेकशन दिया गया है, उसी ने उसकी सोचने-विचारने की शक्ति बिल्कुल खत्म हो गयी है। अपनी इच्छा से कुछ कर नहीं सकता। केवल आँख बंद कर आज्ञा का पालन कर सकता है।

"बहुत विचार कर मैंने उसी स्थान से द्रव निकाला। उसके दिमाग का सेरेब्रो-स्पाइनल फ्लूइड में नहीं होता इस द्रव्य का विश्लेषण हो रहा है।

"शोध का अंतिम फल जाने बिना ही मैंने दो-दो दिन का अंतर देकर इस्माईल के मस्तिष्क का विष बार-बार निकाला। मेरा अनुमान है कि इस प्रकार संचित विष की मात्रा धीरे-धीरे घटती जायेगी, और यदि मस्तिष्क पर अमिट दुष्प्रभाव नहीं पड़ चुका है, तो शायद इस्माईल की बुद्धि लौट आये। यही बतलाने तथा यहाँ के नये हाल-चाल लेने आया हूँ। सबेरे ही लौट आऊँगा।"

जब मैंने मेजर से सिनेमा जाने की अनुमति माँगी तो उन्होंने कहा, "मना तो मैं करता नहीं मास्टर साहब। क्योंकि कहाँ तक हम छिपे बैठे रहेंगे ? परंतु अब यह मामला 'क्राइसिस' की ओर जा रहा है। बड़ी-बड़ी घटनाएँ शीघ्र ही

घटने वाली हैं। अब हम सब को बहुत सतर्क होकर रहना पड़ेगा।''

''यह देखो !'' अपना कोट उतारते हुए मेजर बोले, ''एक रेडियो ट्रांसमिटर तथा रिसीवर सदा अपने शरीर पर रखता हूँ। तुम्हें भी दे रहा हूँ। इस बँगले के बाहर बिना इनके कभी न जाना।''

यह कहकर सेफ खोलकर उन्होंने दोनों चीजों मेरे कोट की भीतरी जेबों में फिट कर दीं।

सिनेमा में कुछ तबीयत न लगी। एक तो अलमोड़े में इस सीजन में फिल्में यों ही आती हैं, दूसरे इस हलचल में सिवाय मूल निवासियों के, सेलानी लोग शहर छोड़ चुके थे।

11 बजे के कुछ पहले शो समाप्त होने पर सुनसान सड़कों पर होकर लौट रहा था कि एक बिजली के खंभे के नीचे एक युवक तथा एक युवती खड़े दिखायी पड़े। मैंने उधर कोई विशेष ध्यान नहीं दिया, पर पास आने पर जान पड़ा मानो हाथ के इशारे से मुझे बुला रहे हों। मैं कुछ आगे निकल गया था। ठिठककर खड़ा हुआ तो दोनों फिर बुलाने लगे।

मुझे थोड़ा आश्चर्य-सा हुआ। चेहरे साफ दिखायी पड़ते थे। मुझे निश्चय है कि वे मेरे परिचित न थे। निकट पहुँचा तो होंठों पर ऊँगलियाँ रखकर दोनों ने मुझे चुप रहने का इशारा किया और मुझे पीछे आने का संकेत करके पास की एक पगडंडी की ओर बढ़ने लगे।

मुझे शक हो गया। ''जरा पेशाब कर लूँ तो आपके साथ चलूँ'' कहकर सड़क के दूसरे ओर एक झाड़ी के पीछे थोड़ा नीचे उतर गया। युवक-युवती चुपाचाप खड़े रहे।

मैंने ट्रांसमिटर निकालकर संकेत किया। जल्दी ही मेजर थर्स्टन की आवाज सुनाई पड़ी, ''कौन बोल रहा है ? मास्टर साहब ? क्या बात है ?'' मैंने उत्तर दिया ''एक युवक-युवती मुझे इशारों से बुला रहे हैं। मुझे संदेह होता है। आप तत्काल चले आयें।''

''अभी आया !'' मेजर ने उत्तर दिया।

मैंने इत्मीनान से ओवरकोट के बटन बंद किये। सड़क की सतह तक आते-आते जान-बूझकर गिर पड़ने का बहाना किया, और कहा, ''मैं गिर पड़ा हूँ। क्या आप कृपाकर उठने में मेरी सहायता करेंगे ?''

युवक तथा युवती आगे बढ़ आये। दोनों ने मिलकर मुझे उठाया। पर मेरा मक़सद तो देर करने का था। एक कदम चला और फिर बैठ गया।

''जान पड़ता है कोई नस चढ़ गयी है।'' मैंने कहा। ''आप चितिंत न हों। पाँच मिनट में मुझे चुपचाप बैठे रहने दें। अभी ठीक हो जाता हूँ ऐसा कई बार हो चुका है।''

युवक-युवती एकदम चुप रहे। आपस में भी कोई बात न की।

''आप लोग कौन हैं ? मैं आपकी क्या सेवा कर सकता हूँ ? मुझे कहाँ चलने को कहते हैं ?'' मैंने पूछा।

युवक निकट के गड्ढे की ओर देखने लगा। युवती ने होठ पर हाथ रखकर चुप रहने का संकेत किया।

रात्रि की निस्तब्धता को भंग करती हुई दूर से चिर-परिचित जीप की आवाज सुनाई पड़ी। मैंने फिर उठ खड़े होने का नाटक किया।

''जरा दो-चार कदम चलकर देखूँ। शायद अब ठीक हो गया हूँ।'' कहकर लड़खड़ाता हुआ उस युवक व युवती की ओर बढ़ा। मेरा एक हाथ ओवरकोट की जेब में पड़े रिवाल्वर पर था।

अकस्मात् देवदार के पेड़ों की छाया से दस सशस्त्र कांस्टेबलों के साथ मेजर साहब सामने आ गये।

''उधर—इस पगडंडी पर—शायद इस खड्ड में कुछ है। शायद इनका वायुयान हो।'' मैंने मेजर से कहा।

मेजर साहब का इशारा पाते ही तीन कांस्टेबलों ने युवक-युवती को घेर लिया। पलक मारते ही हथकड़ी पहना दी गयी। शेष सिपाही राइफलें संभाले पगडंडी की ओर बढ़ गये।

एक बार कई टार्चों के प्रकाश की पतली रेखाएँ खड्ड के अंधकार को तराशती-सी दिखायी पड़ी। एकाएक झाड़ियों में खड़खड़ाहट हुई। पास के पेड़ की शाखाएँ चरमरा उठीं। कोई चीज ऊपर की ओर बढ़ती-सी जान पड़ी। एक साथ कई राइफलें गरज उठीं। उसके बाद सन्नाटा।

''बस अब यहाँ कुछ काम न होगा। जीपें आगे बढ़ाओ !'' मेजर ने कड़ककर आर्डर दिया।

देखते-देखते दो फौजी सामने आ गयीं। दोनों कैदी तथा चार सशस्त्र प्रहरी

आगे वाली सीट पर बिठा दिये गये। दूसरी पर शेष कांस्टेबुल तथा हम लोग बैठे। जीपें घूमकर मेजर के बँगले की ओर चल पड़ीं।

मैं उत्तेजना से काँप रहा था। मेजर ने मेरी पीठ थपथपाकर कहा "शाबाश ! खूब काम किया तुमने । अब तो कुछ नये सूत्र अवश्य ही मिलने चाहिए।" शायद उन लोगों का इरादा मुझे पकड़ ले जाने का था।" मैंने कहा। जान तो ऐसा ही..." कहते-कहते मेजर रुक गये।

"क्या बात है ? क्या आगे वाली जीप में आग लग गयी है ?"

उस समय हमारी जीप आगे वाली से प्रायः सौ गज पीछे थी। पर उसके निकट पहुँचने के पहले ही मैंने देखा कि वह जलती हुई जीप अकस्मात् बायीं ओर मुड़ी और एक गड्ढे में जा गिरी।

मेजर के मुँह से एक भद्दी सी जोशीली अंग्रेजी गाली निकली।

खड्ड के घने अंधेरे में जीप के जलने का उजाला हो रहा था।

अपनी वाली जीप पर रक्खा हुआ एक रस्सा किनारे के पेड़ से बाँध दिया गया। टार्चों के जाले तथा रस्से के सहारे चार कांस्टेबल नीचे उतरे।

रात भर बड़ा हँगामा रहा। स्थानीय सिविल तथा मिलिटरी अधिकारी के सहयोग से गड्ढे चारों ओर से घेर लिया गया। जितना भी संभव हो सका, प्रकाश का प्रबंध किया गया। हताहतों को ऊपर लाकर अस्पताल भेजा गया।

इस जीप पर ड्राइवर को मिलाकर 7 व्यक्ति थे। दो कैदियों में से युवक इतना जल गया था कि उसकी लाश जाँच की दृष्टि से बेकार थी। युवती को चोट काफी लगी थी, परन्तु उसमें प्राण शेष थे। चार कांस्टेबलों में से दो की मृत्यु हो गयी थी, एक घायल तथा एक की चोट बहुत साधारण थी। ड्राइवर भी मर गया था।

यही सब करते-करते सबेरा हो गया। रात को यद्यपि खड्ड में कई बार चढ़ा-उतरा था, पर सबेरा होने पर ही परिस्थिति का ठीक-ठीक ज्ञान हुआ। जीप बिल्कुल जल गयी थी। उसकी स्टील की बाड़ी जंग लगे कबाड़ जैसी लग रही थी। ऐसा जान पड़ता है कि जीप ऊपर से गिरकर कई बार लुढ़की थी। अंत में उसके दो टुकड़े हो गये थे। अगला भाग गड्ढे के सबसे गहरे भाग में पड़ा था। ड्राइवर तथा दो कांस्टेबलों की जली हुई लाशें अब भी उसके अंदर ही थीं। पिछला भाग आधा बीच में झाड़ियों में फँसा हुआ था और पिछली सीटों पर बैठे हुए चारों यात्री इधर उधर छितरे पड़े थे।

दूसरे खड्ड की भी जाँच हुई। किसी बड़े यान के उतरने तथा बड़े बेग से ऊपर चढ़ने के निश्चित चिह्न थे। कई जगह गीली मिट्टी पर ठीक उसी प्रकार के निशान थे जैसे अस्पताल में पाये गये थे। हाँ, यह यान अवश्य ही अस्पताल वाले यान से कई गुना बड़ा था।

दूसरे दिन दोपहर को बकरियाँ चराने वाले कुछ लड़कों ने प्रायः तीन फुट लंबा तथा चार इंच व्यास का एक काँच से भी अधिक पारदर्शी डण्डा-सा लाकर दिया। उन्होंने इसे उस दूसरे खड्ड के पश्चिमी ढलान पर पड़ा पाया था। डण्डा नीचे से ऊपर की ओर धीरे-धीरे पतला होता गया था। पूरी लंबाई में दो नालियाँ थीं, जो नीचे टूटने की जगह पर खुली, पर ऊपरी सिरे पर बंद थीं। अनुमान किया गया कि यह शत्रु के यान का कोई भाग राइफल की गोली से टूट कर गिर

गया है। मेजर थर्स्टन का अनुमान है कि यह चीज पृथ्वी के एरियल की तरह ही समाचार प्रेषण अथवा ग्रहण का कोई उपकरण है।

मैं थककर चूर-चूर हो गया था। नित्य-कर्म तथा चाय से निवृत्त होकर एक झपकी ली। उसके बाद मेजर साहब के कमरे में गया।

मेजर साहब बहुत व्यस्त थे। थोड़ी देर में हाथ का काम समाप्त करके बोले–"भाई मास्टर साहब, कल की रात तो बड़ी सनसनीदार रही। हार पर हार हम लोगों की अवश्य ही हो रही है, पर कुछ जरूरी सूत्र भी हाथ लगते जा रहे हैं–यही खैरियत है। मुझे तो अपनी हारों पर अधिक लज्जा है नहीं। शत्रु अनजान, अज्ञात तथा हम लोगों से भौतिक साधनों में अधिक उन्नत हैं। अंत में हम जीतेंगे अवश्य–इसमें कोई संदेह नहीं।"

"वह युवती कहाँ है ? बच जायगी ?" मैंने पूछा।

"उसे अधिक चोट नहीं लगी थी। थोड़ी देर में स्वस्थ हो गयी थी। उसे तुरंत वही पहुँचा दिया गया है जहाँ इस्माइल गुप्त रूप से रक्खा गया है।" मेजर बोले।

"उससे कुछ पता लगा ?" मैंने पूछा।

"दिमाग तो उसके भी उत्तर देने के काबिल नहीं जान पड़ा। सूरत-शक्ल से ईरानी लगती है। गले पर आपरेशन के निशान थे, पर उनमें बाल्व न थे। बायीं बाँह में पारदर्शी धातु का एक आभूषण-सा पहने थी। उसे विशेषज्ञों के पास भेज दिया गया है। मेरा अनुमान है कि जितने लोग इन अनजान शत्रुओं के कब्जे में हैं, उन्हें उपयोग के अनुसार दो श्रेणियों में बाँट दिया गया है। जो बहुत ही हीन श्रेणी के हैं–अधिकतर तिब्बती–उनसे तो फावड़ा चलाने का काम लिया जाता है। उससे ऊँची श्रेणी के लोग संभवतः सुहागा तथा अन्य चीजें एकत्र करके निश्चित स्थानों पर पहुँचाते हैं, और शत्रु के विमान आकर उन्हें ले जाते हैं। इस श्रेणी के लोगों का नियंत्रण गले के बल्वों द्वारा होता है। इस्माईल संभवतः इनमें से है सबसे अधिक बुद्धिमान, अथवा यों कहिए कि जिनकी बुद्धि ने शत्रु के हाथ पूर्ण समर्पण कर दिया है–गले के बाल्वों से मुक्त कर दिये गये हैं। उनका कंट्रोल बाँह में पहने हुए आभूषण से होता है। ईरानी लड़की इसी ग्रूप की प्रतिनिधि हैं।

"क्या मतलब था इन लोगों का ? क्या मुझे पकड़ ले जाने वाले थे ? ऐसा

तो नहीं है कि ये युवक-युवती मुझे कुछ भेद बतलाना चाहते थे ?'' मैंने पूछा।

''भेद बतलाना चाहते थे, तो खड्ड में यान क्यों खड़ा था ? निश्चय ही पकड़कर ले जाना चाहते थे। यदि मैंने तुम्हें ट्रांसमिटर-रिसीवर न दिये होते, तो पकड़ ही ले गये थे।'' मेजर ने उत्तर दिया।

''इतनी आसानी से मुझे ले जाना संभवत न था। मैं अपने रिवाल्वर का प्रयोग अवश्य करता। अच्छा हाँ मेजर, दो बचे हुए कांस्टेबलों ने क्या बतलाया ?''

''सेफ से एक फाइल निकालकर मुझे देते हुए मेजर बोले–''लो पढ़ो। दोनों के बयान हैं।

बयानों के आवश्यक अंश नीचे उद्धृत हैं–

(1) मेरा नाम जमीर खाँ। बल्द...मैं ड्राइवर तथा कांस्टेबल श्रीगोपालसिंह के बीच बैठा था। घटना-स्थल तथा बँगले के लगभग बीच में जीप का अगला हिस्सा एकदम जल उठा। ड्राइवर ने बहुत कोशिश की पर जीप उसके कंट्रोल से बाहर हो चुकी थी। वह गड्ढे में गिरने लगी। मैंने कूदने का प्रयत्न किया, पर मैं दो आदमियों के बीच में था। इसके बाद मुझे याद नहीं क्या हुआ।''

(2) ''मेरा नाम श्रीगोपालसिंह। बल्द...। मैं अपनी राइफल लिए जीप की अगली सीट पर दाहिनी खिड़की के पास बैठा था। जीप करीब दो फर्लांग गयी होगी कि अकस्मात् मुझे ऐसा जान पड़ा कि एक अजीब बदबूदार हवा का झोंका आया। झोंका मेरी खिड़की की ओर से नहीं ड्राइवर वाली खिड़की की ओर से आया था। पीछे अथवा आगे से नहीं आया, इसका मुझे निश्चय है। मुझे याद है कि जीप का लोहा एकदम गर्म हो उठा और शायद पेट्रोल की टंकी में आग लग गयी। जब जीप खड्ढे में गिरने लगी तो मैं खिड़की से कूद गया। अधिक चोट तो नहीं लगी, मुझे एकदम होश तब आया जब स्ट्रेचर पर मुझे ऊपर ले जाया जा रहा था।

8

अलमोड़े में बैठे-बैठे मुझे यही जान पड़ता था कि अंतरिक्ष से आये हुए अनजान शत्रुओं के इस आक्रमण का महत्त्व किसी बड़े डाके से अधिक नहीं है। मध्य प्रदेश तथा दक्षिणी उत्तर प्रदेश में मानसिंह दस्युराज के विरुद्ध अभियान कुछ ऐसा ही रहा होगा। भेद केवल इतना था कि इसमें अंतर्राष्ट्रीय स्तर पर बड़े-बड़े जासूस काम कर रहे थे।

जीप वाली घटना के बाद मुझे ज्ञात हुआ कि बात ऐसी नहीं है। इस अलक्ष्य शत्रु का मुकाबला करने का संगठन बहुत बड़ा था। उसकी कम से कम नौ या दस मुख्य शाखाएँ थीं, जिनमें से अलमोड़े वाली शाखा मुख्यतः जासूसी शाखा थी।

जब मुझे भीतरी बातों का पता लगा तो बड़ा संतोष हुआ। अंतर्राष्ट्रीय होड़ के घने बादलों में प्रकाश की एक पतली रेखा यह थी, कि रूसी तथा अमेरिकी जैसे रक्त के परस्पर प्यासे 'गुट' भी समान शत्रु के मुकाबले में एक हो सकते हैं।

जिन दिनों जीप वाली घटना अलमोड़े में हुई, उन दिनों दिल्ली में अदृश्य आक्रमणकारियों से मुकाबला करने के लिए भिन्न-भिन्न राष्ट्रों के वैज्ञानिकों तथा सेनाध्यक्षों की एक बहुत ही गोपनीय बैठक थी, मेजर थर्स्टन भी उसमें आमंत्रित थे, परंतु अलमोड़ा में उन दिनों ऐसी परिस्थिति थी, कि नगर छोड़ना उनके लिए असंभव था। जब वे न जा सके तो उन्होंने यहाँ सारी रिर्पाट लिखकर एक विश्वस्त दूत के हाथ दिल्ली भेजी थी।

दिल्ली की बैठक की कार्रवाई उस समय बहुत गुप्त रक्खी गयी थी। मेजर

साहब मेरे ऊपर विश्वास करते थे। उन्होंने उस समय मुझे रिपोर्ट दिखला दी थी। अब, जब आयी विपत्ति टल गयी, उसकी मुख्य-मुख्य बातें प्राकशित कर देने में कोई हानि नहीं जान पड़ी–

"हवाई सर्वेक्षण तथा अन्य प्रमाणों से अब तक हमें जो कुछ ज्ञात हुआ है, वह यह है कि शत्रु ने तिब्बत के चारों ओर के पर्वत श्रृंखलाओं पर अधिकार कर रक्खा है। हिमाचल की एवरेस्ट, मान्धाता, धवलगिरि, नंदादेवी तथा काञ्चनजंगा

चोटियाँ, काराकोरम पर्वतमाला की के. 2 चोटी, हिंदूकुश पर्वतमाल की तिरचमीर चोटी, पामीर की स्टालिन पीक तथा टियेनशार्क पर्वतमाला की पोबेल चोटी के विषय में तो हम निश्चय रूप से कह सकते हैं। इनके अतिरिक्त और भी चोटियाँ उनके अधिकार-क्षेत्र में हो सकती हैं। साथ का नक्शा देखिए तो स्पष्ट हो जायेगा कि इन चोटियों के घेरे के अंदर किस प्रकार शत्रु का अखंड राज्य है। इस क्षेत्र के भीतर पहुँचने में हम अभी तक समर्थ नहीं हुए हैं।

अंतरिक्ष से आये हुए अलक्ष्य आक्रांता ने अब तक सबसे अधिक हानि चीन को पहुँचाई है। इस महान् राष्ट्र की साठ करोड़ जनता इस समय बड़ी ही संकट में है। यह बड़े दुःख की बात है कि इस भयानक परिस्थिति में भी चीनी लोग यह पसंद नहीं करते कि हमारा यह अतर्राष्ट्रीय संगटन स्थानीय निरीक्षण करके चीन की सहायता करे।

"अनजान शत्रु यहाँ किस उद्देश्य से आये हैं। उनका यह अभियान स्थायी है अथवा अस्थायी, यह हम अभी नहीं बता सकते। प्रायः तीन सौ वयस्क युवक-युवतियों का अपहरण तो यही बतलाता है कि वे स्थायी रूप से यहाँ अपना उपनिवेश बनाना चाहते थे और इन युवक-युवतियों तथा इनकी भावी संतान को दास रूप में रखना चाहते हैं।

"इतना हम जानते हैं कि उनके द्वारा यहाँ आने का कम से कम एक उद्देश्य 'सुहागे' का संग्रह है। यह तो आप जानते हैं कि तिब्बत तथा दक्षिणी अमेरिका का चिली राष्ट्र प्रकृत सुहागे के सबसे बड़े क्षेत्र हैं। तिब्बत के अनुभव से चिली को सतर्क कर दिया गया है।

"आक्राता लोग कहाँ से आये हैं, यह निर्णय करना भी अभी तक संभव नहीं हो पाया। और परिवार के किसी ग्रह अथवा उपग्रह से आये हैं अथवा सुदूर अंतरिक्ष से, यह नहीं जानते। इस समय उनके द्वारा भगाये हुए दो व्यक्ति हमारे पास हैं, पर अभी उनसे कोई काम की बात का पता नहीं चला है। मुझे तो भय है कि शायद चलेगा भी नहीं। शत्रु ने अपने शिविर ऐसे पहाड़ों की चोटी पर बनाये हैं जहाँ शून्य से नीचे तापमान है तथा बहुत नीचा वातावरण भार है। इससे अनुमान किया जा सकता है कि उनके मूल निवासस्थान में परिस्थितियाँ इसी से मिलती-जुलती होंगी।

"शत्रु द्वारा निर्मित जो चीजें हमें मिली हैं, उनका विश्लेषण किया जा रहा

है। कठिनाई यह है कि उनमें पाये गये तत्व हमारे ग्रह पर अज्ञात है। इधर खोज एक नये दृष्टिकोण से की जा रही हैं इन अज्ञात तत्त्वों का स्पेक्ट्रम (रंगपट) देखा गया है। अब अनेक उपग्रहों, ग्रहों तथा नक्षत्रों के स्पेक्ट्रमों का उससे मिलान किया जा रहा है। यदि इससे मिलता-जुलता स्पेक्ट्रम किसी ग्रह नक्षत्र में मिला तो अनुमान यही किया जायेगा कि ये लोग वहीं से आये हैं।

"ऐसा जान पड़ता है कि शत्रु ने पृथ्वी के भिन्न-भिन्न भागों का सर्वेक्षण करके तिब्बत को ही अपनी परिस्थितियों के अनुकूल पाया है। यों तो ध्रुव प्रदेश उनके लिए अधिक माफिक होने चाहिए। पर शायद सुहागा जैसी जिन चीजों की उन्हें आवश्यकता है, वे ध्रुवों पर प्राप्य न होंगी।

"जितने भू-क्षेत्र पर शत्रु ने अधिकार कर रक्खा है उसके चारों ओर हम घेरा डाल रहे हैं। किन उपायों से शत्रु को पराजित किया जा सकेगा इस पर हमारी योजना बहुत कुछ बन चुकी है। उसे आप लोगों के सामने भी अभी से प्रकट करना सामरिक नियमों के विरुद्ध है। पर एक बात कह देना बहुत आवश्यक है। शत्रु के इस अभियान ने प्रचलित रणनीति में एक ऐसी नयी परिस्थिति उत्पन्न कर दी है, जिसके जवाब में हमें अपने सब पुराने विचार बदल देने पड़ेंगे।

"पहले आमने-सामने लड़ाई होती थी। जब दूर से चलाने वाले अस्त्र धनुष-बाण, बंदूक इत्यादि का आविष्कार हो गया, तो रणनीति ने नया मोड़ लिया। और जब 25-30 मील की मार तोपें करने लगीं, और जब प्रक्षेप्यास्त्र हजारों मील दूर से छोड़े जाने लगे, तब किलेबंदी व्यर्थ हो गयी। हवाई जहाज के आविष्कार ने सभी कुछ बदल दिया।

"इस युग में हमारी सारी रणनीति स्टील पर आधारित थी। इस अज्ञात शत्रु ने स्टील को जला देनी वाली किसी अज्ञात भौतिक अथवा रासायनिक प्रक्रिया को सामने लाकर तथा अदृश्य वायुयानों का प्रयोग करके हमारी सारी रणनीति व्यर्थ कर दी है।

बुखारा के इस्माईल तथा जीप वाली घटना के अवसर पर पकड़ी गयी उस युवती के विषय में मैं जो कुछ भी लिख रहा हूँ, उसका व्यक्तिगत ज्ञान मुझे बहुत बाद को हुआ। वे लोग अलमोड़े से हटाकर किस गुप्त स्थान में रक्खे गये, यह भी मुझे आरंभ में पता न था। यह ठीक ही सोचा गया था कि यह बात जितने

कम कानों में जाये, उतने ही कम व्यक्तियों में उसके फैल जाने की संभावना होगी। शत्रु के यातायात के साधनों को देखते हुए दो-चार हजार मील दूर तय करना बिल्कुल भी कठिन नहीं था।

मेजर थर्स्टन ने इस संबंध में मेरे सामने पहली बार रहस्योद्घाटन तब किया जब इन दोनों के निवास-स्थान तथा सुरक्षा का समुचित प्रबंध हो चुका था।

''शत्रु के सामने धातुनिर्मित बाधाएँ तो नगण्य हैं'' मेजर बोले, ''इसलिए पूना की फौजी बैरकों की सुरक्षा में भारत-सरकार ने कुछ कमरे बनवा दिये हैं। इनमें धातु का प्रयोग किया ही नहीं गया हैं। छतें स्लैब की नहीं पुराने ढंग की डाटों के रूप में हैं। खिड़कियों के सीखचे तक सीमेंट के हैं। इन्हीं कमरों में इस्माईल तथा लड़की रक्खी गयी है। तीन मनोविज्ञानी तथा दो डॉक्टर उनकी देखभाल के लिए नियुक्त हैं।''

''अब वे दोनों होश में आये ? कुछ भेद की बातें ज्ञात हुईं उनसे ?'' मैंने पूछा।

''इस्माईल तो अब करीब-करीब होश में है। उसे जो कुछ थोड़ा-बहुत मालूम है, बतलाया भी है। लड़की होश में तो है, पर कुछ बतलाती नहीं है। उसके मस्तिष्क पर तो कुछ ऐसा स्थायी प्रभाव डाला गया है कि कुछ पता नहीं चलता।

''अब तक यह विषय तुमसे भी एक तरह से छिपाया ही गया है, मास्टर साहब। लेकिन अब आवश्यक है कि तुम भी सब परिस्थिति जान तथा समझ लो। चलो मेरे कमरे में। पूना से मेरे पास पूरी रिपोर्ट आती है। उन दोनों ने किस अवसर पर क्या कहा, यह अक्षर-अक्षर नोट कर लिया जाता है। अधिकांश समझ में नहीं आता। प्रयत्न करो। शायद तुम्हारी बुद्धि काम कर जाये।''

कमरे में पहुँचकर मेजर ने सेफ खोला और एक बड़ी-सी फाइल मुझे दे दी।

''एक बात कहूँगा, मेजर'' मैंने कहा। ''आपके इस सेफ का क्या उपयोग है ? लोहे को नष्ट कर देना तो शत्रु के बायें हाथ का खेल है। स्टील के भारी-भरकम इस सेफ से तो चीड़ का एक मामूली बक्सा अधिक सुरक्षित है।''

''ठीक कहते हो'' मेजर बोले—''मैं भी यह बात सोच चुका हूँ ? असल बात यह है कि हमारे संगठन में अब बड़े-बड़े परिवर्तन होने वाले हैं। इस दफ्तर

का कार्य अब भारत-सरकार का सी. आयी. डी. विभाग अपने हाथ में ले रहा है। हम लोग, जिसमें तुम भी सम्मिलित हो, अब अपना केंद्र अन्यत्र बनायेंगे। शत्रु अनेक वार कर चुका है अब हमारा प्रत्याक्रमण आरंभ होने वाला है।"

9

फाइल लेकर मैं अलग जा बैठा। इतनी बड़ी फाइल का संक्षेप देने के लिए भी एक पूरी पुस्तक चाहिए। किस प्रकार धीरे-धीरे ईस्माईल तथा गुलबदन किरमानी (यही उस लड़की का नाम है) की मानसिक स्थिति सुधरी, क्या-क्या मनोवैज्ञानिक उपाय उनके उलझे मस्तिष्क से मतलब की बात निकालने के लिए किये गये, तथा उन असंबद्ध छिटपुट बातों से क्या निष्कर्ष निकाला गया, यह सब बतलाने के लिए पर्याप्त स्थान चाहिए।

इसलिए आगे के पृष्ठों में कुछ बहुत ही मोटी-मोटी निर्विवाद बातें ही दी जा सकेंगी। पूरा विवरण तो तभी दिया जा सकेगा जब इस भयानक संकट का अंत हो जायेगा और अंतर्राष्ट्रीय विचार-विनिमय के बाद पूरी घटना का एक संबंध विवरण लिखना संभव हो सकेगा।

प्रस्तुत विवरण मुख्यतः इस्माईल की कहानी है। गुलबदन का मस्तिष्क भी अभी साफ नहीं हुआ है, और उसकी मानसिक दशा उन गये नाजियों अथवा कम्यूनिस्टों की है, जिनके दिमागों में हठधर्मी कूट-कूटकर भर दी गयी हो।

बुखारा विश्वविद्यालय प्रांगण से जब बस चली तो उसमें बैठे युवक-युवती बहुत प्रसन्न थे। ऐसी बस तो किसी ने देखी ही न थी। दस ही मिनट के भीतर बस की खिड़कियाँ अपने आप बंद हो गयीं, और शीघ्र ही सड़क के हिचकोले लगने बंद हो गये। यह तो किसी को अंत तक न ज्ञात हुआ कि हम सड़क पर चल नहीं, उड़ रहे हैं।

थोड़ी देर बाद ड्राइवर के कम्पार्टमेंट का दरवाजा खोलकर एक नव-युवक आया ! उसके गले से एक बड़ी सी ट्रे लटकी थी। उस ट्रे पर एक ओर तो अनेक

चौड़े मुँह की बंद बोतलें थीं, और दूसरी ओर प्लास्टिक के से छोटे-छोटे थैले।

प्रत्येक यात्री को एक-एक बोतल तथा एक-एक थैला दे दिया गया। सब ने आश्चर्य के साथ देखा बोतलों में गरमागरम काफी थी और थैलों में कई प्रकार की मिठाई तथा बिस्कुट।

सभी लोग प्रसन्नता से चीख उठे। बात की बात में थैले तथा बोतलें खाली हो गयीं और लड़के-लड़कियाँ उत्साह से गाने लगे।

इस्माईल को बिलकुल स्मरण नहीं है कि कब गाना खत्म हुआ और कब सब लोग सो गये। जब आँख खुली तो उसने अपने को एक बड़ी विचित्र जगह में पाया।

इसके बाद इस्माईल का वक्तव्य बहुत ही अस्पष्ट है। बार-बार वह विरोधी विरोधी बातें कहता है। फिर भी मोटे तौर पर उसका कहना है कि उसने अपने आपको एक बहुत बड़े पारदर्शी गुम्बज के नीचे पाये। फर्श पर रोयेंदार जानवरों की खालें बिछी हुई थीं और गुम्बज की छत पर स्थान-स्थान पर बर्फ जमी हुई थी। फिर भी कहीं-कहीं दिखायी पड़ता था। समय दोपहर रहा होगा।

इस्माईल को जान पड़ा मानो उसकी खोपड़ी में धुआँ भरा हुआ है। गर्दन उठाने का प्रयत्न किया तो पिछले भाग में तीव्र पीडा हुई। हाथ से स्पर्श किया तो देखा कि गले के चारों ओर स्टिकिंग प्लास्टर जैसी कोई चीज मजबूती से चिपकी हुई है।

गुम्बज के नीचे उसी तरह अनेक लोग पड़े हुए थे। इस्माईल ने देखा सब के गले में कुछ बँधा हुआ है।

इस्माईल का कहना है कि उस समय उसे ऐसा जान पड़ता था, मानो उसकी सोचने-विचारने की शक्ति एकदम समाप्त हो गयी है।

पता नहीं कितनी देर इसी प्रकार पड़ा रहा। उसे याद आता है कि पता नहीं किधर से दो व्यक्ति बड़े-बड़े बर्तनों में खाने का कुछ समान ले आये। मंत्रमुग्ध की भाँति इस्माईल ने खाने का प्रयत्न किया। भूख तो लगी थी। पर खाया न गया। मितली होने लगी। उसे यह भी याद नहीं है कि खाने में क्या क्या था।

यह भी इस्माईल नहीं बतला पाया कि इस प्रकार कितने दिन बीत गये। एक दिन खाना खाने के बाद जो बेहोश हुआ तो शायद उसके गले के दोनों ओर आपरेशन करके बाल्व रक्खे गये। पता नहीं कितने दिन बाद उसे बाहर निकाला गया। उसे याद है कि एक दिन इस गुप्त स्थान से बाहर जाने को तैयार न होने पर गला ऐसा कस गया कि दम घुटने लगा। आखिर जाना ही पड़ा। साथ में एक व्यक्ति आगे-आगे चलता था। जब उसे दाहिने चलाना होता, तो न जाने वह क्या करता, कि गले का बाल्व कसने लगता। बायें चलाना होता तो बायीं ओर यही होता। पीछे घूमकर देखा, मेरे जैसे कितने ही व्यक्ति अर्द्ध-सुप्त अवस्था में चले आ रहे थे।

एक जगह समतल जमीन पर सब लोग एकत्र किये गये और एक बड़ी सी बस पर चढ़ाये गये। इस्माईल का कहना है कि यह बस उसी प्रकार की थी जिस पर वह बुखारे से आया था। यों तो अदृश्य थी, पर जगह-जगह बर्फ होने के कारण उसकी अस्पष्ट रूपरेखा दिखायी पड़ती थी।

इस स्थान पर इस्माईल की स्मृति फिर धोखा देती है। जबकि उसे धुँधली याद थी, पहाड़ियों के सीधे ढलान पर लगी हुई कोई सफेद चीज मिट्टी के एक बर्तन से खुरच-खुरचकर एकत्र कर रहा था। वह यह भी बतलाता है कि नित्य एकत्र किया हुआ सफेद द्रव्य चमड़े की थैलियों में भरकर उसे निर्दिष्ट स्थान पर पहुँचाना पड़ता था। यह सिलसिला चलता रहा कि एक दिन वह पुल पर विश्राम करने लगा और बेहोश हो गया। फिर उसे जब होश आया तो वह पूने में था।

गुलबदन की कथा और अधिक स्पष्ट है। एक तो उसके मस्तिष्क का तैलीय द्रव्य अभी पूरी तौर से साफ नहीं हुआ है। दूसरे वह बड़ी ही जिद्दी लड़की है। उसे अपने भगाने वाले के साथ अब भी सहानुभूति है। हम लोगों को अपना शत्रु समझती है।

अनुमान किया जाता है कि किस्सा उसका भी इस्माईल के ही समान है। यह निश्चय नहीं हो पाया कि लड़की होने के कारण उससे इस्माईल से भिन्न काम लिया जाता था, अथवा अधिक बुद्धिमती होने के कारण। यह उसने घुमा-फिराकर स्वीकार किया कि एक समय ऐसा आया जब उसके गले के बाल्व निकाल लिये गये, और उसे बाँह में पहनने के लिए एक 'आभूषण' दिया गया। ऐसा जान पड़ता है कि इस आभूषण और कुछ नहीं बल्कि ट्रांसमीटर की तरह शत्रुओं द्वारा प्रेषित आदेश ग्रहण करने की क्षमता वाला कोई यंत्र था। इसके द्वारा वह संदेश भेज सकती थी अथवा नहीं, यह स्पष्ट नहीं हुआ।

साफ-साफ तो उसने नहीं कहा, पर शायद उसकी मनोवृत्ति का एक नमूना यह है—

"पृथ्वी की मनुष्य जाति असभ्य, बर्बर तथा शासन करने के अयोग्य है। हजार वर्षों में उसने परस्पर सद्व्यवहार करना नहीं सीखा। आज भी वह अपने बच्चों और अपनी स्त्रियों के साथ न्याय नहीं करता। आज भी उसमें ऊँचा-नीचा, अमीर-गरीब, शासक-शासित तथा शोषक-शोषित का भेद है। मनुष्य जाति इसी काबिल है कि बाहर से आकर कोई सभ्य तथा संस्कृत प्राणी उसके ऊपर शासन

करे।"

इस्माईल तथा गुलबदन का काम जिन लोगों से पड़ा, वे सब हमारे-आप जैसे साधारण मनुष्य थे । प्रश्न यह उठता है कि क्या हमीं में से कुछ लोगों का एक दल इस प्रकार से संगठित होकर पृथ्वी पर अपना तानाशाही शासन कायम करना चाहता है, अथवा जो लोग इस अभियान के सूत्रधार हैं, वे और ही कोई है—किसी ग्रह अथवा नक्षत्र से आये हैं ?

रिपोर्ट लिखने वालों ने अंत में नतीजा यही निकाला है कि जिनसे इस्माईल तथा गुलबदन का काम पड़े वे तो मनुष्य ही हैं, परंतु उनके ऊपर शासन करने वाले कोई और ही है। वह जिन द्रव्यों से बने हैं, वह हमारे लिए अनजान हैं, और उनका व्यवहार, उनका ज्ञान, उनकी संस्कृति तथा उनकी आवश्यकताएँ हमसे बिल्कुल भिन्न हैं।

10

कुछ ही दिनों बाद हमने अलमोड़े वाला बँगला खाली कर दिया। मेजर थर्स्टन के साथ मैं दिल्ली चला आया। पहले योजना पूना जाने की थी, पर अंत में निश्चय किया गया कि यह ठीक नहीं क्योंकि हम लोगों के वहाँ जाने से शायद हम इस्माईल तथा गुलबदन का गुप्त प्रवास न छिपा सकें।

मेजर थर्स्टन ने अलमोड़े में मुझसे कहा था कि "शत्रु के वार हो चुके, अब हमारा प्रत्याक्रमण होने वाला है।" इस प्रत्याक्रमण की क्या योजना थी, यह मुझे उस समय पता न था। पूरा पता तो अब भी नहीं लगा है, पर दिल्ली में रहते-रहते धीरे-धीरे उसकी मोटी-मोटी बातों का आभास मिलता गया।

मेरे दिल्ली प्रवास के दो सप्ताह भी न बीते होंगे कि रूसी दूतावास से मेजर थर्स्टन के नाम चाय का निमंत्रण आया। संध्या को मैं भी उनके साथ गया।

चाय के समय तो रूसी दूतावास के सभी मुख्य कर्मचारी उपस्थित थे, पर जलपान समाप्त हो जाने के बाद रूसी राजदूत हम दोनों को एक अलग कमरे में ले गये।

प्रारंभ में तो मेजर तथा राजदूत के बीच अब तक हुई घटनाओं के विषय में विचारों का आदान-प्रदान होता रहा। बाद को राजदूत ने अपने नाम आयी हुई एक रिपोर्ट हमें दिखायी। मूल रिपोर्ट रूसी भाषा में भी नहीं 'कोड' (गुप्त संकेत लिपि) में थी। उसका अंग्रेजी अनुवाद हमें दिया गया था।

मेजर थर्स्टन की अनुमति से उक्त रिपोर्ट का संक्षिप्त विवरण नीचे दिया जा रहा है–

"सोवियत सुरक्षा विभाग अपनी सीमाओं के अंदर पामीर पठार की स्टेलिन

चोटी पर स्थित, शत्रु के शिविर की गति-विधि का हाल-चाल बराबर लेता रहता है।

"यों तो परिस्थितियाँ हमारे बहुत प्रतिकूल हैं, परंतु हमारा सबसे बड़ा सहायक बर्फ है। शत्रु के गुम्बज एकदम पारदर्शी तथा इसीलिए अदृश्य हैं, पर बरफ पड़ने से उनकी रूपरेखा की कुछ न कुछ झलक हमारे हवाई जहाजों को मिल ही जाती है। हमारा अनुमान है कि गुम्बजों को गरम रखने का कोई न कोई ढंग शत्रु इस्तेमाल करता है, और बर्फ अधिक समय तक गुम्बजों पर एकत्र नहीं होने पाती, परंतु फिर भी कुछ न कुछ अनुमान हो ही जाता है। अब तक हम स्टेलिन पर्वतीय शृंखला पर सात सौ से अधिक उड़ानें कर चुके हैं। इन प्रयत्नों में हमारे आठ वायुयान नष्ट हो चुके हैं और तीस से अधिक वायु-सैनिकों के प्राण भी जा चुके हैं।

"अब तक प्राप्त सूत्रों के आधार पर केवल स्टेलिन पर्वतीय शृंखला पर ही 52 गुम्बज हमारी गिनती में आ चुके हैं।

"इस संबंध में हम सैनिक कार्रवाई करना चाहते हैं, परंतु हमें भय है कि इन 52 में से कुछ में मनुष्य जाति के कितने ही युवक-युवतियाँ निवास कर रहे हैं। केवल यही संदेह हमें रोक रहा है। अन्यथा इस शिविर को हम अब तक नष्ट-भ्रष्ट कर चुके होते।

"...प्रायः एक सप्ताह हुआ दक्षिण-पश्चिमी रूस के किरगिजिया गणतंत्र में सारीताश नगर के निकट एक व्यक्ति संदिग्ध अवस्था में घूमता पाया गया। जाँच करने पर पता चला कि वह ईरानी है। अपना नाम असगर मिर्जा बतलाता है। मस्तिष्क पर शत्रु के कारनामों का कुछ न कुछ दुष्प्रभाव मौजूद है, पर साधारणतः होशहवास में है। उसके द्वारा कई मनोरंजक तथा महत्त्वपूर्ण बातें ज्ञात हुई हैं। संक्षेप में वे ये हैं :–

"वह तेहरान से भगाया जाकर कई स्थानों में रक्खा गया। कहाँ-कहाँ रहा यह नहीं बतला पाता। यह स्वाभाविक भी है, क्योंकि पहाड़ों की चोटियों पर कोई साइनबोर्ड तो लगे नहीं होते। औरों की तरह उसके गले पर भी आपरेशन हुए और अंत में उसे भी बाँह का आभूषण पहनाकर 'द्वितीय श्रेणी' का काम सौंपा गया। द्वितीय श्रेणी से उसका मतलब यह जान पड़ता है कि उससे शारीरिक श्रम का काम नहीं लिया जाता था। साधारणतः उसे मजदूर श्रेणी के कर्मचारियों के

ओवरसियर का काम मिला था। सुहागा एकत्र करना और 'प्रथम श्रेणी' के कार्यकर्त्ताओं के सुपुर्द कर देना भी उसके जिम्मे था। इसके सिवाय समय-समय पर शत्रु के वायुयानों पर बिठाकर उसे बाहर ले जाया जाता था। निर्दिष्ट स्थानों पर उसे कई बार उतार दिया गया, और कहा गया कि यहाँ सुहागे की संभावनाओं का पर्यवेक्षण करके रिपोर्ट दो।

''उसकी बातों से जान पड़ता है कि 'प्रथम श्रेणी' के कर्मचारी साधारणतः अधेड़ उम्र के हैं। कई तो बूढ़े शत्रु हैं। शत्रु से सीधा संपर्क प्रथम श्रेणी के ही कर्मचारी कर सकते हैं इन श्रेणी के लोगों के पास आठ इंच लंबा तथा प्रायः 3 इंच चौड़ा टाइपराइटर जैसा एक यंत्र होता है जिसके द्वारा ये लोग अपने मालिकों से विचारों का आदान-प्रदान करते हैं।

''शत्रु के प्रत्यक्ष दर्शन असगर मिर्जा ने नहीं किये। उसका विश्वास है कि प्रथम श्रेणी वालों ने भी नहीं किये। हमारी आँखों के लिए वे एकदम अदृश्य हैं। द्वितीय श्रेणी के कार्यकर्त्ताओं का विश्वास है कि शत्रुओं के शरीरों की बनावट ऐसी है कि वे पृथ्वी के वातावरण तथा अन्य परिस्थितियों में जीवित ही नहीं रह सकते। इसलिए वे गुम्बजों के अंदर ही रहते हैं, और गुम्बजों के भीतर उनके अनुकूल परिस्थितियों कृत्रिम रूप से उत्पन्न की जाती है। शत्रुओं को जब बाहर निकलना होता है तो वे एक कैप्सूल (लंबी डिब्बी) के अंदर बैठकर निकलते हैं। इस कैप्सूल में यथेष्ठ इधर-उधर जाने के उपकरण लगे होते हैं। इसी के अंदर बैठे-बैठे वे आपस में बात कर सकते हैं तथा प्रथम श्रेणी के कर्मचारियों को संकेत द्वारा आवश्यक आदेश दे सकते हैं।

''थोड़े दिनों से प्रथम श्रेणी के कर्मचारियों में कुछ घबराहट-सी दिखायी पड़ती है। कारण ठीक तौर से तो समझ में नहीं आया, पर एक बात असगर मिर्जा ने देखी है। इस बीच शत्रु के वायुयान अक्सर बिगड़ गये हैं। कई गुम्बज चिटख अथवा फटने का तो कोई दुष्परिणाम दिखायी नहीं पड़ा, पर शत्रुओं के आवास वाले गुम्बज तो जब फटते हैं, तो तोप के गोले जैसी आवाज होती है। मिर्जा का विश्वास है कि इस दुर्घटना के फलस्वरूप कितने ही शत्रुओं की मृत्यु हो चुकी है।

''मिर्जा का ख्याल है कि गुम्बज तथा हवाई जहाज पृथ्वी में अप्राप्य तथा अज्ञात किसी बाहरी धातु अथवा यौगिक के बने हैं, और यहाँ के वातावरण में

कालक्रम से उसी प्रकार खराब होने लगते हैं जैसे पृथ्वी पर रबर अथवा प्लास्टिक की चीजें पुरानी होने पर खराब हो जाती हैं।

''मिर्जा का विश्वास है कि यदि शत्रु के शिविरों पर गोलाबारी की जाये तो उसे नष्ट किया जा सकता है, पर शत्रु के साथ ही साथ उनके कैदी मनुष्य भी मरेंगे।

''मिर्जा असगर की सबसे बड़ी चिंता का विषय है एक लड़की, जो तेहरान विश्वविद्यलाय में उसकी सहपाठिनी तथा प्रेमिका थी। उसका कहना है कि उस लड़की के साथ उसकी मँगनी भी हो गयी थी। वह लड़की भी द्वितीय श्रेणी में थी, और जहाँ तक उसे पता है, वह किसी काम से अलमोड़ा नामक पहाड़ी स्थान पर भेजी गयी थी। तभी से उसका पता नहीं है। उस लड़की का नाम गुलबदन किरमानी है। उसका हुलिया वह यों बतलाता है—लंबाई लगभग पाँच फुट चार इंच। वजन अनुमानतः एक सौ तीस पाउण्ड। रंग गोरा। आँखें नीली। बाल गहरे भूरे। मत्थे के बायीं और बड़ा-सा तिल। मातृभाषा फारसी। अंग्रेजी अच्छी तरह जानती है। फ्रेंच का भी साधारण ज्ञान है।''

इसके बाद शत्रु के विरुद्ध अभियान के संघटन-संबंधी बहुत-सी बातें थीं। रिपोर्ट में अपने काम की बातों का आवश्यक अंश यही था जो ऊपर दिया गया है।

जब हम दोनों ने रिपोर्ट ध्यान से पढ़ ली तब रूसी राजदूत ने कहा—''मेजर साहब, इस संबंध में यदि कोई सूचना आप रूस भेजना चाहें तो मुझे दे दें। मैं तत्काल पहुँचा दूँगा।

''कम से कम एक सूचना तो देनी ही है।'' मेजर बोले, ''जिस युवती—गुलबदन किरमानी की तलाश आपके असगर मिर्जा को है वह जीती-जागती भारत में मौजूद है। क्या ही अच्छा होता यदि दोनों प्रेमी एक स्थान पर मिलाये जाये। क्योंकि अभी तो गुलबदन हमारी सहायता नहीं कर रही है। मुझे तो ऐसा लगता है कि उसकी सहानुभूति शत्रु के साथ है। लेकिन आपकी रिपोर्ट में उसके प्रेमी का जो वर्णन है, उसे पढ़कर एक नया विचार मेरे मस्तिष्क में उठ रहा है। लड़कियों के मस्तिष्क को समझना बड़े-बड़े मनोवैज्ञानिकों के लिए कठिन है। ऐसा तो नहीं है कि गुलबदन की जिद तथा शत्रु के साथ उसकी अप्राकृतिक सहानुभूति इसलिए है कि वह अपने प्रेमी को शत्रु का सहयोगी समझती है ?

“अंतिम निर्णय तो उच्च अधिकारी ही करेंगे, पर मेरा सुझाव यह है कि असगर मिर्जा को भारत लाया जाये तथा उसे गुलबदन के साथ रक्खा जाये। पूना अपेक्षाकृत सुरक्षित है। वैसे मुझे कोई व्यक्तिगत आपत्ति न होगी, यदि गुलबदन रूस भेज दी जाये।”

“मैं आज ही इस संबंध में आवश्यक परामर्श करता हूँ, और जितना शीघ्र संभव हो सका अंतिम निर्णय की सूचना आपको दूँगा।” राजदूत ने कहा।

इसके बाद हम दोनों अपने निवासस्थान को लौट आये।

11

नीचे नीला अरब सागर तथा ऊपर नीला आकाश। अभी सूर्योदय नहीं हुआ था। दो-चार तारे अब तक टिमटिमा रहे थे ? कृष्ण पक्ष का आधा चंद्रमा अपनी अधिकांश प्रभा खोकर भी अभी बड़ा सुंदर लग रहा था। बंबई के सांताक्रूज हवाई अड्डे से उड़कर हमारा हवाई जहाज बसरे की ओर बढ़ा चला जा रहा था।

असगर मिर्जा को पूना लाने वाले प्रस्ताव पर रूस तथा भारत के अधिकारियों की टेलीफोन और संदेश यंत्रों कई बार वार्ता हुई थी। अंत में निर्णय हुआ था कि दोनों को दक्षिण-पश्चिमी ईरान के शीराज नगर पहुँचाया जाये। संयोग से असगर तथा गुलबदन—दोनों शीराज के निवासी थे। इसलिए यही निर्णय सभी को मान्य था।

गुलबदन पहले तो मेरे साथ चलने को तैयार न हुई। उसकी मनोवृत्ति अब भी बदली न थी। वह हमारे पक्ष पर विश्वास न करती थी और खासकर मुझ पर, जिसका उसके पकड़े जाने में प्रमुख हाथ था।

दिल्ली से पूना आकर मैंने गुलबदन को बहुत समझाया। परंतु वह टस से मस न हुई। रूसी सरकार की गुप्त रिपोर्ट का असगर संबंधी अंश जब उसको दिखाया, तब भी वह बार-बार उसे जाल ही कहती रही। अंत में रेडियो टेलीफोन पर उसके साथ असगर की बात करायी गयी, तभी उसे थोड़ा-बहुत विश्वास हुआ।

रास्ते कसी हुई भवें सिकोड़े वह चुपचाप बैठी रही। उसके व्यवहार से कोई भी बाहरी आदमी यह अर्थ लगाता कि वह मेरे ऊपर विशेष कृपा करके मेरे साथ किसी अप्रिय काम के लिए जा रही है।

कुछ ही घण्टों में हम बसरा पहुँच गये। सम्राट् हारूँ-अल-रशीद तथा अरब

दंतकथाओं के दैत्यों का बसरा।

बचपन में अलिफ-लैला की कहानियाँ बड़ी मनोरंजक लगती थीं। कल्पना किया करता था कि कहीं वह उड़ने वाला कालीन मिल जाता तो बड़ा मजा आता। वयस्क होने पर समझ में आया कि यह सब तो दंतकथाएँ थीं। पर आज सोच रहा था कि इन कथाओं में असंभव बात क्या थी ? हजारों-लाखों मील दूर से बातें हम कर सकते हैं, अंतरिक्ष की यात्रा हम कर सकते हैं। चंद्रमा मंगल आदि ग्रह हमारी पकड़ में हैं। आज यदि बादशाह शहरयार अपनी अज्ञात कब्र से बाहर निकल पाते, तो उन्हें दैत्यों और चीन के जादूगरों की बातों में कोई मजा न मिल पाता।

बसरे के हवाई अड्डे पर ईरान के शाह का अपना हवाई जहाज हमें शीराज

पहुँचाने के लिए तैयार खड़ा था।

बसरा और शीराज के बीच की दूरी थोड़ी ही है। आधे घण्टे में ही हम शीराज में थे। ईरानी साहित्यकारों का शीराज। यदि शीराज न होता तो शीराजी मदिरा कहाँ से आती ? और यदि शीराजी न होती तो ईरानी कवियों की कल्पना के पंख कैसे जमते ?

शीराज के छोटे से हवाई अड्डे पर गुलबदन के माता-पिता और दो बहनें मौजूद थीं। उन्हें देखकर उसके चेहरे पर पहली बार मुस्कराहट दिखायी पड़ी। लिपटकर सबसे मिली और फूट-फूटकर रो पड़ी। अपने आँसुओं के बीच पहली बार मुझे कृतज्ञता की दृष्टि से देखा।

गुलबदन के पिता अबादान की तेल की खानों में एक उच्च कर्मचारी हैं। अंग्रेजी अच्छी तरह बोल लेते हैं। उनसे पता चला कि असगर का हवाई जहाज रूस से अभी आया तो नहीं है, पर उसके पहुँचने में अधिक देरी नहीं है।

प्रायः एक घण्ट की प्रतीक्षा के बाद रूसी हवाई जहाज हवाई अड्डे पर चक्कर काटने लगा। भूमि पर उतरते ही एक स्वस्थ गौरवर्ण युवक उतर आया। बाद को पता चला कि असगर के पिता-माता, भाई-बहन सभी दिवंगत थे। यही कारण है कि उसे मिलने वाला हवाई अड्डे पर कोई न था।

ईरान कट्टर मुसलमानों का देश है, परंतु उस पर पाश्चात्य प्रभाव काफी पड़ चुका है। गुलबदन के घर के लोग सभी पाश्चात्य वेशभूषा में थे। फिर भी दो बातें देखने में आयीं। एक तो यह कि असगर ने उनसे हाथ मिलाने के बजाय पूर्वी ढंग से नम्रतापूर्वक झुककर सलाम किया। दूसरे गुलबन और असगर पाश्चात्य प्रेमियों की तरह लिपट नहीं गये गुरुजनों के सामने नियंत्रित रहे।

शीराज के हवाई अड्डे के जलपान गृह में हम सबकी चाय की व्यवस्था थी। जान-बूझकर हम लोगों ने असगर तथा गुलबदन को एक अलग छोटे कमरे में बिठा दिया।

गुलबदन के पिता ने सवालों की झड़ी लगा दी। मैंने भी यथाशक्ति उनके प्रत्येक प्रश्न का उत्तर दिया, जिसे वे ईरानी भाषा में अपनी पत्नी को बतलाते गये। गुलबदन की बहनें अंग्रेजी समझ लेती थीं।

हवाई अड्डे के बाहर दो मोटरें खड़ी थी–एक छोटी एक बड़ी। छोटी पर हमने दोनों प्रेमियों को बिठा दिया और बड़ी पर शेष लोग बैठे। आधे घण्टे में

पुराने ढंग की पतली और घुमावदार गलियाँ पार करते हुए, हम सब गुलबदन के घर पर आ गये।

कई दिन बड़े प्रेम के कटे। मौसम बहार का था। यत्र तत्र फूल ही फूल दिखायी पड़ते थे। शीराज के आसपास अंगूर की लताओं की भरमार है। देखने योग्य ऐतिहासिक स्थानों की भी कमी नहीं।

गुलबदन अब पूनेवाली गुलबदन नहीं थी। उसके चेहरे की कठोरता अब समाप्त हो गयी थी। अपनी भूल उसकी समझ में आ गयी थी।

''अच्छा बतलाओ तो गुलबदन'' मैंने पूछा ''तुम मेरे ऊपर इतना अविश्वास क्यों करती थी ?''

''मैं बहुत ही लज्जित हूँ मास्टर साहब !'' गुबदन बोली, ''जिनका मुझे कृतज्ञ होना चाहिए था, उनसे घृणा करती थी। मेरा कुछ दोष न था, यह तो कहना झूठ होगा। परंतु एक तो मस्तिष्क के इंजेक्शन से मेरी विवेक बुद्धि नष्ट हो गयी थी। और दूसरे मैं स्वभावतः उस पक्ष में थी जहाँ असगर था।''

''अच्छा अब भी दिल में कोई चोर हो तो बतला दो।'' मैंने कहा, ''यदि चाहो तो तुम्हें फिर से तिब्बत पहुँचा दूँ।''

''तिब्बत जायें मेरे दुश्मन !'' तुनककर गुलबदन बोली।

''अच्छा जाने दो इन बातों को।'' मैं बोला, ''अपनी कहानी तो अब सुनाओ।''

''जो पूछिए, बतलाऊँ !'' गुलबदन ने कहा।

''पहले तो अपना किस्सा सुनाओ, फिर वहाँ के हाल-चाल।''

''तेहरान से उड़ने वाले मोटर पर जो बैठी तो पता नहीं कैसी काफी पिलायी गयी कि बेहोश हो गयी। आँख खुली तो एक काँच के से गुम्बज में पड़ी थी। वहाँ कई दिन पड़ी रही। गले पर आपरेशन हुए। गर्दन के पीछे इंजेक्शन हुआ। बहुत परेशान रही। बार-बार कहती थी ''या अल्लाह इससे तो जान ही ले लो।''

''यह सब तो आप जानते ही हैं। औरों से भी सुन चुके होंगे। अंत में धीरे-धीरे सख्तियाँ कम हुईं। मेरे बाल्व भी निकाल लिये गये और मैं दूसरे दर्जे में रक्खी गयी।

''उसके बाद मेरी ट्रेनिंग शुरू हुई। मुझे बतलाया जाता कि पृथ्वी पर बसने वाली मनुष्य जाति बहुत खराब है, असभ्य है, किसी मतलब की नहीं है। इसे सभ्य करने की जरूरत है, इत्यादि इत्यादि।''

''कौन सिखाता था यह सब तुम्हें ?'' मैंने पूछा।

''कई लोग थे'' उसने कहा, ''पर युंग-यांग नाम का एक अधेड़ चीनी डॉक्टर मेरे पास बहुत आता था। पहले दर्जे का अफसर था।''

''लड़कियाँ तो बहुत-सी थीं, तुम्हारे ही ऊपर विशेष कृपा क्यों थी। उसकी ?'' मैंने पूछा।

''मेरे ऊपर आशिक थे वे हजरत !'' गुलबदन ने जरा लजा कर कहा।

''मैं परेशान थी।'' वह बोली, ''कोई बात करने को नही मिलता था। दूसरे और तीसरे दर्जे के अन्य सब लोग इंजेक्शन के बाद बिलकुल बुद्धू हो गये थे। उनके पास सिर्फ दो काम थे–गुलामों की तरह मेहनत करना और जानवरों की तरह पेट भरना। मेरे दिल में बार-बार सवाल उठता था–''आखिर यह सब है क्या ? कर कौन रहा है ? और किसलिए ?''

''इसीलिए मैं युंग-यांग से बात करती थी। उसका भेद लेने की कोशिश करती थी।''

उत्सुकतावश मैंने कहा, ''तो क्या-क्या भेद जाने तुमने डॉक्टर युंग-यांग से ?' ''दुश्मन रहने वाला कहाँ का है ?''

''भाई, यह बात तो समझ में आती नहीं !''

मैंने कहा, ''वृहस्पति के विषय में तो अब काफी जानकारी हो चुकी है। वह ठोस है, इसमें भी संदेह है। हाँ यह संभव है कि–''

''हाँ याद आया। डॉक्टर ने कहा था कि वृहस्पति ग्रह से नहीं, उसके किसी उपग्रह के रहने वाले हैं ये लोग। वह तो कहता है कि तुम्हारी पृथ्वी का केवल एक चंद्रमा है, पर वृहस्पति के नौ हैं, और उनमें से चार पर प्राणी रहते हैं। कहता था कि वृहस्पति का वह चंद्रमा भी पृथ्वी से बड़ा है।'' गुलबदन बोली।

''हाँ यह मान सकता हूँ'' मैंने कहा। ''यह तो बहुत से वैज्ञनिकों का मत है कि वृहस्पति तथा शनि के उपग्रहों में जीवित प्राणियों की संभावना है।''

इस बीच गुलबदन की दो छोटी बहनें भी आकर बैठ गयी थीं।

''यह वृहस्पति कहाँ ?'' छोटी नसीम ने पूछा।

"सूर्य के चारों ओर घूमने वाले नौ ग्रह हैं। इनमें वृहस्पति सबसे बड़ा तथा बुध सबसे छोटा है। सूर्य से वृहस्पति लगभग पचास करोड़ मील दूर है और पृथ्वी से करीब चालीस करोड़ मील। वृहस्पति के चारों ओर घूमने वाले नौ चंद्रमा हैं।" मैंने बतलाया।

"तो बड़ा मजा रहता होगा वहाँ।" नसीम ने बड़े उत्साह से कहा, "रात में चार-छः चंद्रमा तो आसमान में सदा दिखायी पड़ते रहते होंगे।"

"यह बात नहीं है बेटी !" मैंने समझाया, "पृथ्वी सूर्य से करीब दस करोड़ मील दूर है और वृहस्पति पचास करोड़ मील। इसलिए वृहस्पति को सूर्य का जो प्रकाश मिलता है वह यहाँ का पाँचवाँ हिस्सा भी न होगा। भरी दुपहरी में सूर्यास्त लगता होगा। वृहस्पति के चंद्रमा भी उसी हिसाब से दिखायी भर पड़ते होंगे।"

"आखिर वृहस्पति के उपग्रह के किसी निवासी को देखा तुमने ?" मैंने गुलबदन से पूछा।

"सामने आ जाता तो भी न देख पाती।" गुलबदन बोली, "उनका बदन ऐसा बना है कि आदमी की आँख उन्हें देख ही नहीं सकती। डॉक्टर युंग-यांग कहता था कि इन लोगों के उपग्रह तक सूर्य की रोशनी इतनी कम पहुँचती है कि रंग का विकास वहाँ हुआ ही नहीं। हर चीज पारदर्शी तथा बिना रंग की। भाड़ में जाये ऐसा स्थान। मुझे तो वहाँ की रानी बना दिया जाये तो भी न जाऊँ। यहाँ और वहाँ की हवा में बड़ा फर्क है। डॉक्टर कहता था कि पृथ्वी की हवा में मुख्यतः नाइट्रोजन, आक्सिजन और हाइड्रोजन है। वहाँ की गैसें ही दूसरी हैं। वहाँ वाले अपनी हवा अपने साथ लाते हैं और कैप्सूल में भरकर उसी में रहते हैं। लेकिन कमाल हासिल है उन लोगों को सांइस में। हम लोग तो उनके आगे बच्चे हैं—बच्चे !"

"अच्छा सुहागे के फेर में ये लोग क्यों हैं ?" मैंने पूछा।

"डॉक्टर कहता था कि सुहागे में मिली हुई कोई चीज होती है। उसे अलग करके उसमें वे लोग वही काम लेते हैं। जो यहाँ युरेनियम से लिया जाता है। वह चीज वहाँ भी होती थी, पर अब करीब-करीब चुक गयी है। उसी के लिए तो यहाँ आये हैं ? हजारों टन सुहागा अपने उपग्रह को पहुँचा चुके हैं। इस चीज की कमी से वहाँ के सब कल-कारखाने बंद हुए जा रहे हैं।" सकीना ने पूछा, "वे देखने में कैसे लगते हैं ?"

"अरे भाई बतलाऊँ तो तब जब उन्हें किसी ने देखा हो।" गुलबदन बोली, "मेरी तो बिसात ही क्या, पहले दर्जेवाले भी उनके बारे में कुछ नहीं जानते। मुझे तो यह भी शक है कि डॉक्टर युंग-यांग जो कुछ कहता है वह सच है भी की नहीं। कौन जाने सुनी-सुनाई कहता हो, या कोरी गप ही उड़ाता हो। सच्ची बात तो वही जो खुद अपने तजुर्बे से कही जाये।"

12

ईरान स्थित रूसी दूतावास द्वारा टेलिफोन पर निमंत्रण मिलने पर मैं शीराज से जब तेहरान पहुँचा तो देखा कि वहाँ पर प्रायः सभी पुराने साथी पहले से ही मौजूद थे। साथ में संबंधित देशों के प्रमुख राजनीतिज्ञ भी डेरा डाले हुए थे।

अवश्य ही कोई ऐसी महत्त्वपूर्ण मंत्रणा हो रही थी, जिसके विषय में मुझे

कुछ पता न था। कुछ देर विश्राम के बाद रात की बैठक में मैं भी सम्मिलित हुआ। मुझसे गुलबदन के संबंध में कई प्रश्न पूछे गये और उसकी मानसिक पृष्ठभूमि की बदली हुई परिस्थिति के संबंध में आवश्यक बातें मैंने बतलायी।

"एक चीनी डॉक्टर युंग-यांग ने गुलबदन को बतलाया है" मैंने कहा कि–"शत्रु वृहस्पति के नौ में से एक उपग्रह के निवासी हैं।"

"ठीक कहती है" अमेरिका के प्रसिद्ध ज्योतिर्विद् विल्सन ने उठकर कहा। "मेरे पास एक बाल्व भेजा था। उसके एक टुकड़े के स्पेक्ट्रम से मैंने सैकड़ों नक्षत्रों, ग्रहों तथा उपग्रहों के स्पेक्ट्रमों का मिलान किया। जिस धातु की वह बाल्व बनी है उससे मिलता-जुलता स्पेक्ट्रम मुझे केवल वृहस्पति तथा उसके उपग्रहों में मिला। इस प्रकार मेरी खोज का समर्थन हो जाता है।"

इसी प्रकार के अन्य संबद्ध विषयों पर विचार-विनिमय के बाद रूसी सेना के जनरल मिखेल ने कहा–

"सज्जनो, आज प्रायः डेढ़ वर्षों से पृथ्वी पर एक अभूतपूर्व विपत्ति की छाया पड़ रही है। हम दूसरे उपग्रहों, ग्रहों तथा नक्षत्रों पर अभियान करने की योजनाएँ जब बना रहे थे, तब यह आशंका ध्यान में भी न आयी थी कि अंतरिक्ष के अन्य ग्रह-नक्षत्रों के लोग भी इस प्रकार के प्रयत्न करने में सक्षम हो सकते हैं।

"हम लोगों द्वारा ग्रहों के अभियान का उद्देश्य अभी कुतूहल मात्र था। हम अपनी ज्ञान-वृद्धि करना चाहते थे। कौन जाने एक बार सफलता मिल जाने पर हमारी मनःस्थिति बदल जाती, और हम वहाँ पायी जाने वाली चीजों से लाभ उठाने, उपनिवेश बनाने अथवा शासन करने का प्रयत्न करने लगते।

"वृहस्पति के उपग्रहों से जो आक्रमणकारी पृथ्वी पर आये हैं, वे अवश्य ही बहुत पहले यहाँ उतरकर हाल-चाल ले गये होंगे। अब वे यहाँ से कुछ आवश्यक द्रव्य लेने के लिये आये हैं। उनकी योजना में पृथ्वी पर स्थायी निवास की इच्छा के लक्षण भी पाये जाते हैं।

"वृहस्पति वाले न तो कम्यूनिस्ट ब्लाक के सगे हैं और न पूँजीवादियों के। यही कारण है कि आज सभी विचारधाराओं के देश सामूहिक रूप से उनका मुकाबला करने को एकत्र हुए हैं।

"रूस ने शत्रु को खदेड़ने की एक योजना बनायी है। हमारे देश में, जहाँ तक हम जानते हैं, शत्रु का केवल एक शिविर है–पामीर का पठार के स्टेलिन

पर्वतमाला पर। इस चोटी पर प्रक्षेपास्त्रों द्वारा बमबारी करके शत्रु के शिविर नष्ट कर देने में हम अवश्य सफल होंगे। हमारी योजना में केवल एक कमजोरी है। शिविर में ईरान, अफगानिस्तान तथा उजबेकिस्तान के लड़के अथवा लड़कियाँ हो सकती हैं, और बमबारी में गेहूँ के साथ ये घुन भी पिस जायेंगे।

"इस दोष के यथासंभाव निराकरण के लिए हमारा विचार है कि हवाई जहाजों द्वारा शत्रु-अधिकृत प्रदेश में ईरानी, पश्तो, उजबेक तथा तिब्बती-भाषाओं में सूचना के पर्चे गिराकर पहले चेतावनी दे दी जाये। उसके बाद भी यदि कुछ लोग मरते हैं, तो मजबूरी है। युद्ध में इतनी छोटी-छोटी बातों पर विचार नहीं किया जाता।"

अफगानिस्तान के एक फौजी अफसर ने पूछा—"यदि हवाई जहाजों से पर्चे गिराये जा सकते हैं, तो बमबारी भी हो सकती है। अस्त्रों का प्रयोजन क्या है ?"

"हम जो कह रहे हैं, कुछ सोचकर ही कह रहे हैं" जनरल मिखेल ने उत्तर दिया—"शत्रु के पास धातुएँ नष्ट करने का कोई अचूक उपकरण है। इसलिए हवाई जहाजों का प्रयोग खतरे से खाली नहीं है। पर्चे डालने के लिए जो हवाई जहाज जायेंगे वे पचास हजार फुट की ऊँचाई से अपना काम कर सकते हैं। शत्रु शायद उतनी दूर जाकर हमारे हवाई जहाजों पर आक्रमण करने की आवश्यकता न समझे।

"दूसरी बात यह है कि हमारे देश के वैज्ञानिकों ने एक ऐसे रोगन का आविष्कार किया है जिस पर संभवतः शत्रु के उस रासायनिक उपकरण का प्रभाव नहीं पड़ेगा।"

वाद-विवाद बड़ी देर तक होता रहा। मैंने बड़े ही दुःख के साथ अनुभव किया कि इतनी बड़ी विपत्ति खोपड़ी पर होते हुए भी राष्ट्रों द्वारा परस्पर अविश्वास की भावना कम नहीं हुई थी। रूस ने जब कहा कि वह ईरान, अफगानिस्तान, चीन, नेपाल तथा भारत के आक्रांत प्रदेशों में अपने हवाई जहाजों द्वारा पर्चे गिराने के लिए तैयार है, तब कई उपर्युक्त राष्ट्रों ने इसका विरोध किया। अमेरिका ने सुझाव दिया कि रूस अपने रोगन का रहस्य प्रकाशित कर दे। इस बात पर रूस सहमत नहीं हुआ।

अमेरिका ने कहा कि वह अपने खर्च से ईरान, अफगानिस्तान, भारत तथा चीन में प्रक्षेपास्त्र छोड़ने का स्टेशन बना देगा। इस पर अफगानिस्तान तथा चीन

राजी न हुए।

नतीजा यह हुआ कि चर्चा जहाँ से चली थी वहीं पर रुक गयी। अंत में बड़ी झिकझिक के बाद रूस इस बात पर राजी हुआ कि "यदि किसी तटस्थ राष्ट्र का कोई गैर सैनिक व्यक्ति रूस आये, तो वह उसको अपनी योजनाओं की रूपरेखा प्रत्यक्ष दिखा देगा। उसके बाद सभी संबंधित राष्ट्र अपना-अपना प्रबंध करें।"

मुझे याद नहीं कि किसने उसी समय इस काम के लिए मेरे नाम का प्रस्ताव कर दिया, जो रूस ने तत्काल मान लिया।

13

रूस के जनरल मिखेल ने मुझे अपने देश ले जाकर वहाँ की तैयारियाँ दिखाने का जो प्रस्ताव किया था, उसके साथ यह शर्त तो थी ही कि यह तभी हो पायेगा जब रूसी सरकार इस बात का समर्थन कर दे।

मास्को से स्वीकृति आते तथा मेरा पासपोर्ट बनते-बनते 4-5 दिन लग गये। इस बीच टेलीफोन पर गुलबदन तथा असगर से कई बार बातचीत हुई। मेरी रूस-यात्रा गुप्त रक्खी गयी थी। इसलिए मैंने व्यस्त होने का बहाना कर के केवल इतना आश्वासन दिया कि ईरान छोड़ने के पहले मैं उनसे अवश्य मिलूँगा।

तेहरान के हवाई अड्डे से हमारा हवाई जहाज आठ बजे प्रातः उड़ा। हम उत्तर-पश्चिम की ओर जा रहे थे। जनरल मिखेल मेरे साथ ही बैठे थे।

ईरान की रेतीली-पथरीली भूमि देखते-देखते पार हो गयी। अब हम धरती के ऊपर उड़ रहे थे जिसका भारतीय इतिहास पर अमिट प्रभाव पड़ा है। यह रही आमू दरिया, और वह आयी आक्स। किसी समय यह कार्यों की विहार-भूमि थी। यहीं विजयी सिंकदर ने अपना पराक्रम दिखलाया था। यह रहा खीवा-बुखारा क्षेत्र जहाँ से चलकर तुर्क और मंगोल लुटैरों ने भारत को आक्रमित किया था।

दोपहर होते-होते हम समरकंद पहुँच गये।

समरकंद के एक आधुनिक होटल में मुझे ठहराया गया। शेष दिन भोजन तथा विश्राम में बीता, और समरकंद के ऐतिहासिक खंडहर देखने में।

रात मोटर पर बिठाकर मुझे एक मंत्रणागृह में ले जाया गया। ऐसा जान पड़ता था कि वहाँ मंत्रणा बहुत पहले से हो रही थी और मुझे ऐसे समय पर बुलाया गया था जब वह समाप्ति पर थी।

सभा-भवन मे मेरे पहुँचने पर अध्यक्ष ने जनरल मिखेल से रूसी भाषा में कुछ कहा। फिर मिखेल ने मेरी ओर मुड़कर कहा–

"मेरे तेहरान प्रवास के इधर के तीन-चार दिनों में यहाँ की परिस्थितियों में बड़ा परिवर्तन हो गया है। मेरा कर्त्तव्य है कि मैं इसके विषय में आपको जानकारी करा दूँ। उसके बाद फिर आपका मत जानकर ही आगे का कदम उठाया जायेगा।

"मुझे बतलाया गया है कि कुछ अज्ञात कारणों से वृहस्पति से आये हुए हमारे शत्रु के शिविर में बड़ी अंव्यवस्था फैल गयी है। हमारे जासूस बराबर उसकी गतिविधि लेते रहते हैं। उनका कहना है कि गत दो सप्ताहों से स्टालिन पर्वतमाला पर बने हुए गुंबज बड़े शब्द के साथ फट रहे हैं, और इधर-उधर बहुत से आदमी परेशान घूमते दिखायी पड़ रहे हैं।

"इसके पहले भी पता लगा था कि पृथ्वी की जलवायु के दुष्प्रभाव से शत्रु की वृहस्पति वाली धातु गलने लगी है–"

इसी समय एक नवागंतुक रूसी ने बात काटकर कुछ कहा। कुछ देर तक वे सब लोग कुछ परामर्श करते रहे। उसके बाद जनरल मिखेल ने मुझसे फिर कहा–

"मुझे अभी-अभी एक और नयी बात बतलायी गयी है। हाल ही में शत्रु-शिविर का एक अफगान व्यक्ति पकड़ा गया था। उसका कहना है कि वह प्रथम श्रेणी के कर्मचारियों में से है। उससे जो विवरण मिला है उसके अनुसार एक वर्ष के ही बाद शत्रु के हवाई जहाजों, गुंबजों तथा अन्य मशीनों में खराबी के लक्षण दिखायी पड़ने लगे थे। उसके अधिकांश हवाई जहाज लादकर वृहस्पति की ओर जा चुके हैं। जो यहाँ हैं, उनमें से एक भी इस काबिल नहीं है कि उसमें इतनी लंबी यात्रा की जाये। क्योंकि वृहस्पति जब पृथ्वी से निकटतम स्थिति में रहता है, तब भी वहाँ तक पहुँचने के लिए पृथ्वी की कालगणना के अनुसार दो वर्ष चाहिए और इस समय तो वह सूर्य की दूसरी ओर कई गुना दूरी पर है।

"इस प्रकार ऐसा जान पड़ता है कि धरती माता ही हमारी ओर से लड़ाई लड़ रही हैं। हम लोगों को अधिक कष्ट न करना पड़ेगा।"

मैंने कहा, "यह तो बड़ी प्रसन्नता की बात है। लेकिन यदि परिस्थिति यही है, तो क्यों न वहाँ जाकर स्वयं मौके पर अध्ययन किया जाये ? जैसी सूचना

मिली है, शत्रु के द्वारा दास बनाये हुए अनेक मनुष्यों की जिंदगी का भी तो प्रश्न हैं यदि उनके मालिक नष्ट हो गये हैं, तो संभव है उनकी खाने-पीने की व्यवस्था भी बिगड़ गयी हो। और इन मनुष्यों को तो शत्रु ने जानवर बना रक्खा है। हो सकता है कि उनके मस्तिष्कों में अपने भरणपोषण की प्रवृत्ति भी न हो, और वे भूख-प्यास तथा सर्दी से बेमौत मर जायें।''

थोड़े ही विचार-विनिमय के बाद मेरा प्रस्ताव मान लिया गया। मुझे बतलाया गया कि यदि सब तैयारियाँ पूरी हो गयीं तो हम लोग सबेरे ही स्टालिन पर्वत शृंखलाओं की ओर प्रस्थान करेंगे तथा वहाँ परिस्थितियों को समझ कर उनके संबंध में सूचनाएँ अन्य राष्ट्रों के लाभार्थ प्रसारित कर देंगे।

14

अद्भुत दृश्य था।

पामीर का पठार ! पृथ्वी की छत !! बचपन से भूगाल की पाठ्य-पुस्तकों में जिसका वर्णन पढ़ते थे, आज वही आँखों के सामने था !!!

बहुत ही बीहड़ स्थान पामीर। समुद्रतट से 13-14 हजार ऊँची तो उसकी साधारण सतह है। और इसके ऊपर अनेक पर्वतशृंखला जिनमें लगभग अट्ठाईस हजार फुट ऊँचा स्टालिन पर्वतमाला मुख्य है।

पामीर का सामारिक महत्त्व मुझ जैसे लेखक से भी छिपा नहीं है। रूस, चीन, अफगानिस्तान, पाकिस्तान तथा भारत—पाँच देशों की सीमाएँ मिलती हैं इस क्षेत्र के आस-पास। सुनते हैं कि यहाँ रूस ने युद्ध के लिए बड़ी मोर्चेबदियाँ कर रक्खी हैं। मेरे देखने में तो आयी नहीं।

जिस हवाई जहाज पर हम लोग आये थे वह दैत्याकार था। एक बड़ा हेलिकाप्टर उसी पर फिट था।

एक साधारण सी सीमेंट-कंक्रीट की समतल भूमि पर हम लोग उतरे। कुछ अल्का जलपान हुआ। आक्सिजन का यंत्र तथा पैरासूट सब की पीठ पर बाँधे गये और अंत में जनरल मिखेल, मैं तथा दो चालक हेलिकाप्टर पर बैठकर पंद्रह हजार फुट ऊँचे उड़ चले।

स्टालिन पर्वतमाला की परिक्रमा करते समय बड़ा अद्भुत दृश्य दिखलायी पड़ा। रूसी जासूसों की रिपोर्ट के अनुसार यहाँ 52 गुंबज होने चाहिए थे पर हेलिकाप्टर से ही हम लोगों ने 73 बर्फ से ढकी अर्धगोलाकार इमारतें गिनी परंतु इन गुंबजों में एक बात विचित्र दिखायी पड़ी। ऐसा जान पड़ता था कि मानों

किसी राक्षस ने अपनी विशाल तलवार से प्रत्येक गुंबज की छत काट दी हो। और वह कटा हुआ स्थान अंदर की ओर धँसा हुआ था।

"प्रत्येक गुंबज की छत अंदर क्यों धँसी हुई है ?" जनरल मिखेल से पूछा।

"बात यह है कि वृहस्पति के जिस उपग्रह से शत्रु आया था" जनरल बोले, "वहाँ वातावरण भार स्टालिन पर्वतमाला की 28000 फुट ऊँचाई के भार से भी बहुत कम था। इसलिए ज्यों ही गुंबज की धातु पृथ्वी की परिस्थितियों के कारण गली, और इधर-उधर दरारें हुईं त्यों ही बाहर की अपेक्षा अंदर दबाव कम होने के कारण छत अंदर की ओर धँस गयी।"

जनरल का इशारा पाकर चालक ने समतल चट्टान की एक टुकड़ी देखकर उस पर हेलिकाप्टर उतार दिया।

बाहर निकलकर हम लोगों को जो पहली चीज दिखायी पड़ी, वह थी एक नेपाली युवक की लाश। पहाड़ की दीवार में बने एक प्राकृतिक आले में बैठा हुआ था—मानो कोई मूर्ति स्थापित हो !

निकट जाकर परिक्षण किया—बिलकुल मुर्दा था। शायद प्राण निकले कई दिन हो चुके थे।

कैसे मरा यह ? भूख-प्यास से ? ठंड से ? अथवा आक्सिजन की कमी से ? इस समय इसके निर्णय का कोई उपाय हमारे पास न था।

पास ही एक छोटा सा गुंबज था। उसका दोहरा दरवाजा बर्फ में करीब-करीब पूरा छिपा हुआ था। फावड़ों से खोदकर अंदर गये। उसके अंदर सात मनुष्यों की लाशें पत्थर की तरह सख्त होकर विभिन्न आसनों में पड़ी हुई थीं।

इस छोटे और निकट के एक बड़े गुंबज की बची कोई अण्डाकार-सी चीज बर्फ में आधी दबी पड़ी थी। लंबाई होगी लगभग चार फुट, और बीच का व्यास होगा प्रायः ढाई फुट। बर्फ से उसे अलग करने में बड़ी कठिनाई हुई। एक ओर दराज से बहकर कोई जमा हुआ द्रव बाहर निकला हुआ था। यह अण्डाकार चीज जनरल मिखेल ने हेलिकाप्टर पर सावधानी से रख दी।

"इसके अंदर संभवतः किसी वृहस्पतीवासी की लाश होगी !" मैंने कहा। जनरल ने केवल स्वीकृति-सूचक सिर हिलाया।

इसी प्रकार एक से दूसरे गुंबज के भीतर जाकर निरीक्षण करते हुए ढाई घण्टे हो चुके थे। हवा धीरे-धीरे तेज होती जा रही थी। बर्फ खूब गिर रहा था।

"अब चलना चाहिए। मौसम के लक्षण अच्छे नहीं दीखते।" जनरल बोले।

हम लोग चुपचाप अपने हेलिकाप्टर की ओर उतर चले।

"यह खुट-खुट की आवाज कहाँ से आ रही है ?" मैंने पूछा।

"कहीं तो नहीं। मैंने तो सुना नहीं !" अविश्वास भरे स्वर में जनरल बोले।

"यह सुनिये। सुना आपने ? अरे यह तो "गुप्त संकेत' है ! सुनिये सुनिये। एस्-ओ-एस्। यह सुनिये फिर खटके हुए—एस्-ओ-एस् कोई निश्चय ही विपत्ति में पड़कर सहायता की अपील कर रहा है।" मैंने उत्तेजित होकर कहा।

थोड़ा ही ढूढ़ने पर पत्थर की खड़ी चट्टान पर उत्तर-पश्चिम का रुख किये कोई गोल-गोल चमकती चीज दिखायी पड़ी।

मैंने उचककर फावड़े की बेंट से उस पर ठोकर मारी। थोड़ी देर में बगल से घिसटकर आता हुआ एक अस्थिपंजर मात्र आदमी दिखायी पड़ा।

"मंगोल जाति का है यह आदमी !" जनरल ने धीरे से कहा। और किसी अज्ञात भाषा में उससे बात करने लगे।

कहता है कि "मैं मंगोल गणतंत्र का रहने वाला हूँ। मेरे सुपुर्द रूस की ओर से आने वाले हवाई जहाजों को देखते रहना था। खाने पीने का कुछ सामान मैंने छिपा रक्खा था। इसीलिए अब तक जिंदा रहा।" जनरल ने मुझे बतलाया।

मेरे पास थर्मस में गर्म काफी थी। उस मंगोल को पिलाया। पहले तो कै हो गयी। पर-दो चार घूँट पीने पर कुछ स्वस्थ हुआ।

उसे साथ लेकर हम लोग हेलिकाप्टर पर जा बैठे। जोर की आँधी प्रारंभ हो गयी थी। पर जनरल मिखेल है जीवट का आदमी। चालकों द्वारा आनाकानी करने पर भी उसने उड़ने का आदेश दिया। कुशल हुई कि सही-सलामत अपने हवाई जहाज तक वापस आ गये।

डेढ़-दो घण्टे के अंदर हम समरकंद में थे।

उसी रात निम्नलिखित संदेश द्वारा बेतार प्रसारित किया गया :—

"मानव जाति के सौभाग्य से आने वाली बला टल गयी है। इसके लिए सोवियत रूस आप सब लोगों को बधाई देता है।

"आज हम लोगों ने स्टालिन पर्वतमाला के ऊपर उतरकर निरीक्षण किया। वहाँ हमें 13 मनुष्यों की लाशें मिलीं। एक मनुष्य जीवित भी मिला है।

"वृहस्पतीय आक्रांताओं में से एक की लाश हम साथ लाये हैं। इस संबंध में विवरण जाँच के बाद दिया जायेगा।

"जो जीवित मनुष्य हम साथ लाए हैं, उसके अनुसार संभवतः अब तक भी बृहस्पती गृह पर जीवन के लक्षण नहीं होंगे। पृथ्वी के वातावरण के प्रभाव से उनके आश्रय-स्थल तथा उनकी मशीनें नष्ट हो गयी हैं। उन लोगों ने अपने उपग्रह को इस परिस्थिति की सूचना कई महीने पूर्व दे दी थी। परंतु वहाँ से उत्तर मिला कि वे अभी कोई सहायता नहीं कर सकते।

"वृहस्पति सूर्य की परिक्रमा प्रायः अपनी अण्डाकार कक्षा में 11/1/2 वर्ष में करता है, और इस समय पृथ्वी से बहुत दूर है। आक्रमणकारी वृहस्पति के नौ चंद्रमाओं में से किसी एक से आये थे। उनका अपने उपग्रह से चलना केवल एक विशेष परिस्थिति में संभव है—जब अपनी अण्डाकार कक्षाओं में पृथ्वी तथा वृहस्पति दोनों एक दूसरे के निकटतम हों तथा वृहस्पति का वह विशेष चंद्रमा वृहस्पति के दूसरी ओर न होकर पृथ्वी की ओर हो। ऐसा बहुत लंबे अवसरों पर ही होता है। इसलिए बहुत दिनों तक अब वृहस्पति वालों के आक्रमण का कोई खतरा नहीं।

"जो मंगोलियन हम जीवित साथ लाये हैं, उसकी बातों से एक अस्पष्ट अभास और मिलता है। वृहस्पति वाले हमारे यूरेनियम की भाँति सुहागे का अणु तोड़कर अपनी मशीनें चलाते थे। उनके उपग्रह पर सुहागे के स्रोत समाप्त हो गये थे। इसीलिए उन्होंने पृथ्वी पर आक्रमण किया था।

"जान पड़ता है उन्हें अपने ही ग्रह पर सुहागे का कोई विकल्प मिल गया है। इसलिए शायद अब उन्हें पृथ्वी पर दूसरे अभियान करने की आवश्यकता न पड़े।

"सोवियम रूस, चीन, अफगानिस्तान, नेपाल इत्यादि देशों में स्थित शत्रु के उपनिवेशों पर जाकर आवश्यक कार्रवाई करने को प्रस्तुत है। पर जान पड़ता है कि अब भी लोग नीयत पर शक करते हैं। इसलिए हमारा सुझाव है कि अपने-अपने देशों में सभी राष्ट्र शत्रु के संभावित शिविरों की खोज ध्यानपूर्वक करें, और उन्हें पूर्णतया नष्ट करने में न चूकें।

"सोवियत रूस शत्रु के विरुद्ध सैनिक-अभियान के लिए बिल्कुल तैयार था, पर संयोग से काम यों ही बन गया, और सैनिक कार्रवाई की आवश्यकता न पड़ी।"

उसी दिन मैं समरकंद से शीराज वापस आ गया और वहाँ से भारत।

15

अलमौड़े में अपने अध्यापन-कार्य पर वापस आये मुझे कई महीने हो चुके थे। इतने उत्तेजना के वातावरण में रहने के बाद—इतनी बड़ी-बड़ी घटनाओं भरे नाटक में एक महत्त्वपूर्ण पात्र के रूप में नाटक करने के बाद, अब लड़कों को पढ़ाने में जी न लगता था।

एक और बात थी, जिसके कारण मेरा उत्साह भंग हो गया था। मैं एक सुदंर सपना देख रहा था, वह समाप्त हो गया था।

वृहस्पति के उपग्रह से आये हुए आक्रांताओं के मुकाबले में कुछ दिनों के लिए पृथ्वी के राष्ट्रों के तुच्छ तथा हास्यापद झगड़े दब से गये थे। पर जैसे विभीषिका हटी, पहले से भी भद्दे रूप में सामने आ गये।

बर्लिन की बित्ता भर भूमि के लिए रूस और अमेरिका झगड़ने लगे। पाकिस्तान तथा चीन की हठधर्मी भारत के प्रति फिर जागरूक हो गयी। उधर अमेरिका ने एक बात कही, और इधर रूस ने अपने अणु परीक्षण फिर प्रारंभ कर दिया।

तो क्या सत्य वही है जो पकड़े जाने पर प्रारंभ में गुलबदन कहती थी ? क्या सचमुच मानवजाति की किसी समर्थ अंतरिक्ष शासनन की आवश्यकता है ?

आज की डाक से मुझे एक निमंत्रण मिला है। लिफाफे पर मुहर पड़ी है शीराज की।

निमंत्रण-पत्र फारसी में छपा हैं अपने सहकारी एक अध्यापक से पढ़वाया

तो पता चला कि गुलबदन और असगर की शादी है !

पर यह क्या ? इस पत्र को शीराज से चले सप्ताह हो गये ! विवाह भी एक सप्ताह पूर्व हो गया। मुझे सूचना इतनी देर बाद क्यों मिली ? लिफाफे पर गौर करने से बात समझ में आ गयी।

निमंत्रण पर पता पूने का लिखा था। वहाँ से भेजा गया दिल्ली को। दिल्ली वालों ने उसे डेड लेटर आफिस भेज दिया और वहाँ से कई दिन विश्राम करके वह अलमोड़ा पहुँचा।

मुझे बड़ा दुःख हुआ। यदि समय पर सूचना मिलती तो इस सुंदर जोड़े के पाणिग्रहण के अवसर पर अवश्य ही शीराज जाता।

लाचार गुलबदन को एक पत्र लिखा–

"प्रिय गुलबदन !

तुम्हारा पत्र मेरे दुर्भाग्य से मुझे आज मिला, जब तुम्हारा विवाह संपन्न हुए एक सप्ताह बीत चुका है।

सम्मिलित न हो सकने का बड़ा दुःख रहा। पर अब इसका प्रतीकार ही क्या है ?

अब तो यही आशा करता हूँ कि साल-दो-साल के अंदर इससे भी बड़े शुभ अवसर पर जब तुम बुलाओगी तब अवश्य आऊँगा।

तुम दोनों मेरी शुभ कामनाएँ स्वीकार करो।"